KB004138

노빈손

정조대왕의 암살을 막아라

노빈손 정조대왕의 암살을 막아라

글 남동욱 **그림** 이우일

초판 1쇄 발행 2007년 9월 22일 **11쇄 발행** 2011년 1월 18일

펴낸곳 뜨인돌출판사 **펴낸이** 고영은
총괄상무 김완중 **편집장** 인영아
기획편집팀 홍신혜 **디자인팀** 김세라 오경화
마케팅팀 이학수 오상욱 엄경자 진영수 **총무팀** 김용만 고은정

북디자인 디자인봄 **사진제공** 삼성미술관 리움 **필름출력** 바이텍 씨앤지 **인쇄** 예림 **제책** 바다

신고번호 제313-1997-156호 **신고년월일** 1994년 10월 11일
주소 121-840 서울시 마포구 서교동 396-46
대표전화 (02)337-5252 **팩스** (02)337-5868
뜨인돌 홈페이지 www.ddstone.com **뜨인돌 블로그** blog.naver.com/ddstone1994
노빈손 홈페이지 www.nobinson.com

책값은 뒤표지에 있습니다. ISBN 978-89-5807-179-2 03810

이 도서의 국립중앙도서관 출판시도서목록(CIP)은
e-CIP 홈페이지(http://www.nl.go.kr/ecip)에서 이용하실 수 있습니다.
CIP제어번호 : CIP2010002552

노빈손 정조대왕의 암살을 막아라

韓國史

남동욱 지음 • 이우일 일러스트

뜨인돌

책을 내며

싫은 건 죽어도 안 하는 성격이었다. 선생님이 마음에 안 들면 망설임 없이 그 과목을 접었다. 하필 국사, 역사 선생님은 죄다 상극이었다. 중 · 고등학교 6년간 나는 역사 밖에서 살았다. 그 죄의 대가로 지금 이 책을 쓰게 되었다고 믿는다. 그러나 분한 게 있다. 책을 쓰는 동안 너무 즐거웠다. 아니 이렇게 재미있어도 되는 거야? 역사가 이렇게 황홀한 것인 줄 나는 정말 몰랐다. 책 쓰자고 졸라 준 출판사에 감사드린다.

지난해, 서울의 주요 대학에서 수능 국사 과목을 필수로 지정해 2010년부터 입시에 반영하겠다고 발표한 것은 뒤늦은 감이 있다. 그만큼 우리는 이제껏 한국사를 홀대해 왔다. 늦게나마 제 길로 돌아왔으니 다행이다. 세계 어느 나라를 뒤져 봐도 자기네 역사를 집중적으로 가르치지 않는 나라는 없다. 입시나 학교 교과를 떠나서라도 자신의 뿌리를 탐구하는 것은 중요한 일인 동시에 흥미진진한 일이다. 도대체 한국인이 한국사를 모르고 무슨 재주로 정체성을 확립하고 인생의 가치관을 세울 수 있다는 말인가.

노빈손과 만난 것도 즐거운 경험이었다. 이 유명한 인물을 주인공으로 글을 쓰게 될 줄은 정말 몰랐다. 가끔은 엉뚱하고 때로는 기발하여 은근히 정이 가는 친구다. 무인도에서 아마존으로, 또 이집트에서 중국으로 맹활약하던 노빈손이지만 이번에는 좀 당황했을 거다. 일단 과거로 날아가 버린 데다 무대는 임금의 목숨을 놓고 격돌하는 살벌한 붕당 정치의 한가운데 아닌가. 어쨌거나 무사히 돌아왔으니 다행!

다음에는 또 어떤 아수라장으로 노빈손을 떠나보내게 될지 벌써부터 걱정이 앞선다. 하지만 잘할 수 있을 거야. 너는 노빈손이잖아.

도와주신 분이 많다. 바쁜 시간을 쪼개 자문에 응해 주신 김탁환 선생, 존재만으로도 힘이 되는 소설가 박민규, 중 · 고등학교 시절 은사였던 최명숙 선생님과 이일원 선생님께 감사의 말씀을 전한다.

2007년 가을

남동욱

등장인물 소개

노빈손

아시다시피 모험가, 여행가 그리고 해결사. 말숙이의 협박과 고서점 노인의 꼬임에 빠져 조선시대로 날아간다. 역사책에 들어온 듯 과거의 유명한 인물들을 만난 것까지는 좋았으나 상황은 임금의 목숨을 놓고 지지파와 반대파가 사생결단 맞붙는 살벌한 현장이다. 그의 트레이드마크인 순발력과 과학 지식이 과연 이번에도 통할까?

부용

규장각 무단출입 3년에 빛나는 명랑 천재 소녀. 얼굴이 예쁘면 책 안 보기 십상이고, 공부는 좀 안 예쁜 애들의 전유물이며, 그 유일한 예외는 말숙이라고 주장해 온 노빈손의 세계관(?)을 박살낸 장본인이다. 노빈손을 도와 정조 시해 음모를 매번 좌절시킨다.

정약용

조선 후기 실학파의 거장으로 일명 '왕의 남자'. 수원에 화성을 쌓고 화성 행차를 계획하고 배다리를 놓고 그게 끝인 줄 알았더니 이번에는 정조의 목숨을 노리는 자들과의 한판 승부가 기다리고 있다. 피할 수 없는 고달픈 팔자지만 불행 중 다행으로 노빈손을 만나 위기를 극복해 나간다.

정조

조선 후기의 개혁 군주. 아버지인 사도세자의 억울한 죽음으로 우울한 십대를 보냈다. 왕위에 오르고 나니 아버지 누명 벗기랴, 할아버지 영조의 탕평책 계승하랴, 거기다 신도시 건설하랴 정신없이 바쁜 와중에 적들과 맞서 싸우는 우리들의 임금님.

홍묘

베일 속에 가려진 정체불명의 사나이. 심환지의 참모이자 행동 대장으로 정조를 시해하기 위해 갖은 흉계를 꾸민다. 정조를 반대하는 것은 일종의 집안 내력인 듯. 방구석에서 궁리만 하는 음모가형이 아니라 행동하는 암살자 스타일.

심환지

조선 후기 집권 세력인 노론의 우두머리. 당쟁으로 잔뼈가 굵은 연륜과 냉혹한 승부사 기질로 안티 정조 세력을 이끈다. 곳곳에 음모를 파놓고 정조의 화성 행차를 방해하는, 한마디로 무서운 노인네.

김무신

단순, 소박, 명료로 똘똘 뭉친 삼박자의 사나이. 정조의 믿음직한 보디가드로 정약용과 티격태격하며 화성 행차를 보필한다. 군인은 생각이 필요 없다는 이상한 신념(?)을 가지고 있으며 특기는 잠 안 자고 버티기. 노빈손의 활약을 목격한 뒤 자신의 부하로 특채하기 위해 정약용과 다시 한 번 각을 세운다.

김홍도

조선 후기의 천재 화가이자 부용의 아버지. 인물 좋고 성격 좋고 그림 실력 좋은 쾌남아지만 이상하게도 자기 딸인 부용에게만은 비정상적으로 매정하다. 알고 보면 단순한 화가가 아니라 정조의 비밀스런 명령을 수행하는 '특수요원'으로 자신의 신분을 위장하기 위해 허구한 날 술병을 끼고 산 것.

차례

3장

참고문헌

『정약용과 그의 형제들』(이덕일, 김영사)
『한중록』(혜경궁 홍씨, 서해문집)
『조선의 왕』(신명호, 가람기획)
『정조의 화성행차 그 8일』(한영우, 효형출판)
『사도세자의 고백』(이덕일, 휴머니스트)
『왕비열전』(김중웅, 선영사)
『조선왕 독살사건』(이덕일, 다산초당)
『오주석의 한국의 미 특강』(오주석, 솔)
『새국사사전』(이홍식, 교학사)
『한국 민중사』(한국민중사연구회, 풀빛)
『한국사 x- 파일』(남경태, 다림)
『우리 역사 5천년을 어떻게 볼 것인가』(이만열, 바다출판사)
『종횡무진 한국사』(남경태, 그린비)
『사료국사』(한국외국어대학교출판부)
『한국사는 없다』(이희근, 사람과 사람)
『한국사 새로 보기』(신복룡, 풀빛)
『민중조선사』(진석담, 범우사)
『한국사 뒷이야기』(박은봉, 실천문학사)
『중학교 국사』(교육 인적 자원부)
『고등학교 국사』(교육 인적 자원부)
『누드 교과서 국사』(이투스 사회팀, 이투스)
『국사대백과』(설민석, 이투스)
『자습서 국사』(편집부저, 지학사)
『일상으로 본 조선시대 이야기 1, 2』(정연식, 청년사)

꿈

아침이나 저녁이나
사모하는 마음 다하지 못해

오늘 또 화성에 왔구나
부실부실 비 내리니

배회하는 마음
둘 곳이 없어라

만약에 여기서
사흘 밤만 잘 수 있다면

더 바랄 게 없겠네
더디고 더딘 길

아바마마 생각하는 마음
흘러가는 구름 속에 생기네

– 홍재전서

프롤로그

경희궁 존현각.

자정이 막 지난 시각, 한 무리의 검은 그림자가 소리 없이 담을 타 넘고 있었다.

반역한 내시와 궁녀들의 안내로 궁궐에 침입한 이들은 당시 악명을 떨치던 천민 출신 자객 전홍문과 그 일당.

딱! 딱! 딱!

담장에 몸을 바짝 붙인 전홍문은 손가락을 세 번 튕겨 신호를 보냈다.

잠시 후 어둠 속에서 관복을 입은 사내가 모습을 나타냈다.

"그대가 전홍문인가?"

"그렇소."

"나는 호위군관 강용휘다. 그쪽 무사들은 총 몇 명인가?"

"모두 열다섯이오. 말 그대로 일당백이지."

전홍문은 누런 이빨을 드러내며 기분 나쁘게 웃었다.

천민 주제에 대충 말을 놓는 전홍문의 말투에 강용휘는 잠시 이맛살을 찌푸렸지만 그걸 따질 상황이 아니었다.

"이쪽은 그대들을 인도할 궁중 나인인 월혜다. 거사 후 정확한 퇴로를 알려줄 것이다."

곁에 서 있던 여인의 장옷이 살짝 흔들렸다.

나인이란?
고려 · 조선시대에 궁궐에서 왕과 왕비의 시중을 든 정5품 상궁(尙宮) 이하의 궁중 여자 관리. 환관(宦官) 이외의 남자와는 절대로 접촉하지 못하며 평생을 수절하여야 했다.

전홍문이 물었다.

"그 자는 창덕궁에서 생활한다고 들었는데 어쩌자고 경희궁으로 불렀소?"

"창덕궁에서는 정사만 보고 침소는 이곳을 이용한다. 이것은 궁궐 안에서도 몇 사람만이 알고 있는 사실이지. 물론 이곳이 경비도 허술하고."

"좋소. 빨리 끝내고 갑시다."

전홍문은 손바닥에 '퉤!' 하고 침을 뱉었다.

"잠시 기다려라. 홍상범 나리께서 곧 오실 것이니 그때 함께 움직일 것이다."

"젠장, 사람 하나 해치는 데 뭐가 이리 복잡해."

여전히 불경스러운 전홍문의 말을 듣는 둥 마는 둥 강용휘는 묵묵히 어둠 속만 응시하고 있었다.

표정은 태연했지만 속은 바짝바짝 타들어 가는 강용휘였다.

이들이 모인 이유는 놀랍게도 정조의 암살.

정조가 왕위에 오른 후 숙청당한 홍계희의 손자 홍상범의 총지휘 아래, 외부 암살단이 꾸려지고 궁궐의 호위를 맡은 무사들도 끌어들였으며 일부 내시와 별감 그리고 궁녀까지 합세한 사상 최대의 국왕 암살 시도였다.

잠시 후, 무사 하나가 달려와 강용휘에게 귓속말을 했다.

"홍상범 나리께서 도착하신 모양이다. 계획대로 움

정조 암살 음모는 누구?
홍계희(1703~1771)의 손자들이다. 홍계희는 별시 문과에 장원으로 급제한 후 여러 벼슬을 거쳤다. 경기도 관찰사로 있을 때 사도세자를 모함하는 상소 사건을 일으켜 사도세자를 뒤주 안으로 밀어 넣는데 일등공신(?) 노릇을 했다. 죽은 후 손자들이 정조 살해 미수 사건에 연루되어 일가가 처형되고 그 자신도 관직이 추탈(죽은 뒤, 그 사람의 생전 벼슬기록을 없애버리는 일)되었다.

직여라.”

강용휘의 말에 천하의 전홍문도 긴장이 되는지 마른침을 꿀꺽 삼켰다.

전홍문과 강용휘가 선두에 서서 궁궐에 숨어들면 홍상범이 군사를 이끌고 뒤를 따르기로 순서를 맞춰 놓았던 것이다.

전홍문의 지시에 따라 자객들은 경희궁의 존현각 지붕 위로 날 듯 올라섰다.

마치 공기를 밟고 서는 듯한 유연한 몸놀림이었다.

문득 까마귀 한 마리가 낮게 울며 밤하늘을 가로질렀다.

칼을 꼬나든 전홍문은 마음속으로 숫자를 세었다.

열, 아홉, 여덟, 일곱, 여섯.

이제 다섯만 더 세면 젊은 군주의 세상은 사라지고 다시 예전으로 돌아가는 것이다.

다섯, 넷, 셋….

그때였다.

존현각 한 켠에서 횃불이 일어나며 함성이 치솟았다.

“자객이다!”

“반군이다!”

강용휘와 전홍문은 다급해진 얼굴로 서로를 마주 보았다.

“뭐야, 경비가 허술하다더니.”

전홍문은 강용휘에게 따져 물었다.

임금님의 보디가드 호위군관
조선시대에는 호위청이라는 기관이 있어 지금의 청와대 경호실과 같은 역할을 했다. 말 그대로 임금님을 비롯한 궁중 전체를 호위하는 일을 하는 곳이다. 인조 때는 3개였다가 정조 때는 1개로 줄어들었다. 그만큼 힘이 줄어든 것. 왜냐하면 정조에게는 장용영이라는 정조의 친위부대가 있었기 때문이다. 장용영은 또 뭐냐고? 기다려 봐. 뒤에 또 나올 거야.

그것은 강용휘도 알 수 없는 일이었다.

자기가 알기로 분명 존현각에는 호위군관이 얼마 없었던 것이다.

함성을 들었으니 홍상범은 거사가 실패로 돌아간 걸 알아채고 이미 궐 안을 빠져나갔을 것이다.

더 이상 머뭇거릴 여유가 없었다.

"일단 퇴각하고 다음을 기약하세나."

"젠장, 무주공산이라 깃발만 꽂고 내려오면 된다더니."

전흥문은 연신 투덜거렸다.

'무식한 놈이 어디서 주워 들은 건 있어가지고.'

강용휘는 속으로만 전홍문을 비난하면서 빠져나갈 길을 궁리했다.

"근데 도망갈 길이 있긴 한 거야?"

전홍문은 이제 아예 말을 놓고 있었다.

"걱정 마시게. 저들은 그저 궁궐 호위대일 뿐이야. 자네들이라면 얼마든지 가능하네."

궁궐 지리에 익숙한 강용휘는 미로 같은 문들을 열어젖히며 빠른 속도로 뛰었다. 그러나 아무도 없을 줄 알았던 뒤로 한구석에서 일단의 군사들이 모습을 드러낼 줄이야.

이런!

강용휘는 순간 숨이 멎는 것만 같았다.

그들은 단순한 궁궐 호위대가 아니었다.

임금의 거동 때마다 함께하는 조선 최고의 무사 순감군이었던 것이다!

강용휘의 등줄기에 식은땀이 흘렀다.

이를 알 턱이 없는 전홍문은 칼을 뽑아들며 강용휘를 돌아보았다.

"재네들만 처치하면 되는 건가?"

강용휘가 대답할 틈조차 없었다.

휘리릭!

허공으로 날아오른 호위무사들의 칼 끝이 자객들의 심장으로 파고들었다.

아무리 시장 칼부림으로 잔뼈가 굵은 자객들이라

무주공산은 어디에 있나?
없을 무(無), 주인 주(主), 빌 공(空), 뫼 산(山). 주인이 없는 비어 있는 산을 뜻한다. 사람이 없는 쓸쓸한 산을 뜻하기도 하지만 대부분의 경우에는 임자가 없기 때문에 아무나 차지할 수 있는 곳을 뜻한다. 전홍문이 경희궁을 무주공산에 빗댄 것은 정조의 세력이 미약하고 경희궁의 경호 상태가 허술함을 뜻한 것이다.

지만 걸음마를 떼자마자 손에 칼을 쥐었고 하루 십여 시간씩 무예를 닦은 호위무사들의 날카로운 칼솜씨를 감당하기는 무리였다.

윽!

으악!

헉!

바람을 가르는 소리와 함께 암살자들은 칼 한번 제대로 휘둘러 보지 못한 채 그 자리에 고꾸라졌다. 전홍문은 여러 군데 상처를 입은 채로 버티고 있었는데 그나마도 기예가 출중해서가 아니라 주모자를 사로잡으라는 명 덕분에 생명은 건질 수 있었던 것이었다.

끝이구나.

이제 자신이 할 수 있는 일은 한 가지밖에 없었다.

'대감, 먼저 갑니다. 부디 뜻을 이루소서….'

숨을 깊게 몰아 쉰 강용휘는 칼을 거꾸로 쥐어 가슴을 향한 뒤 그대로 엎어졌다.

거기까지였다.

칼날은 강용휘의 깊은 곳을 관통했고 그는 순식간에 생과 사의 갈림길을 넘어섰다.

그물에 걸린 멧돼지처럼 날뛰던 전홍문도 힘이 다한 듯 땅바닥에 처박힌 채 오라를 받고 있었다.

같은 시간 경희궁 승정전.

달빛만 희미한 편전에서 호위대장 김무신은 굵은

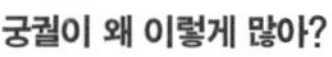

궁궐이 왜 이렇게 많아?
조선시대의 5대 궁궐 하면 경복궁, 창덕궁, 창경궁, 경희궁, 경운궁(덕수궁)을 가리킨다. 나라의 왕은 한 명뿐인데 왜 궁궐은 여러 개였을까? 그 이유도 여러 가지가 있다. 목조 건물이라 항상 화재의 위험이 있었기 때문이다. 또 정조의 경우처럼 왕의 신변에 위협이 생길 경우 피할 곳이 있어야 했다. 마지막으로 역병이라 불리는 전염병을 피하기 위해서였다. 아무튼 누구는 집 많아서 좋았겠네!

눈물을 떨구고 있었다.

"전하, 신을 죽여 주시옵소서."

궁궐 안까지 자객들이 들이닥쳤으니 호위대장으로서 할 말이 있을 리 없었다.

김무신은 거듭 이마를 바닥에 찧었다.

"그대는 고개를 들라."

구슬처럼 영롱한 목소리였다.

김무신은 눈물로 범벅이 된 얼굴로 용상을 올려다보았다.

푸른 휘장이 쳐진 편전에는 그림자만 보이는 사내가 앉아 있었다.

정조였다.

"오늘 일은 그대의 잘못이 아니다. 모두 과인이 부덕한 탓이다."

"부덕이라니오. 차마 들을 수가 없사옵니다. 이 모든 것이 전하께서 짐작하시어 무사들을 배치하셨기에 피할 수 있었던 일입니다. 저희들은 아무것도 한 일이 없습니다."

"평소 그대가 내게 일러 준 바를 듣고 그리 한 것뿐이다. 이제껏 해 온 대로 과인을 돕도록 하라."

"죄가 너무 큽니다. 죽여 주시옵소서."

"허허, 일어나래도."

따뜻했다. 작은 과실을 이유로 함부로 신하들을 내치지 않는다는 말은 거짓이 아니었다. 과연 성군이시다.

복받치는 감정에 김무신은 어깨를 떨며 울었다.

죄인은 오라를 받으라!
지금은 죄를 지면 수갑을 차게 되지만 조선시대에는 오라를 졌다. 오라는 죄인을 묶던 붉은 줄을 뜻한다. 죄인들은 손목을 뒤로하고 팔 가운데를 오랏줄로 묶여서 관아로 끌려가게 된다. 오라와 함께 포졸의 주요 범인 검거 장비는 육모방망이였다. 포졸의 상징이라고나 할까? 직접 보고 싶으면 오늘부터라도 사극을 잘 살펴보길. 오라 진 죄인 곁에는 항상 육모방망이를 든 포졸이 있다.

"피곤하구나. 그만 나가 보도록 해라."

김무신은 꺽꺽 울음을 삼키며 뒷걸음질 쳐서 자리를 물러나왔다.

구름이 달을 가렸는지 어둠은 기승을 부리며 승정전 안으로 밀려 들어왔다.

"괘씸한 놈들…."

불쑥 튀어나온 정조의 목소리는 김무신을 대할 때와는 사뭇 달랐다.

분노와 비통함에 목소리는 엷게 떨리고 있었다.

아아, 도대체 나라 꼴이 어쩌다 이 지경이 되었단 말인가.

임금을 죽이기 위해 궁궐 안으로 칼을 든 무리들이 거침없이 난입하는 현실에 정조는 몸서리를 쳤다.

정조의 기억은 어느새 세월을 거슬러 올라가고 있었다.

비극의 그 해 여름, 열한 살의 정조는 울면서 할아버지 영조의 소매를 잡고 늘어졌다.

할바마마, 아비를 살려주옵소서.

돌아오는 대답은 없었다. 외할아버지 홍봉한도 마찬가지였다. 뒤주(곡식을 담는 궤짝) 속에서 아버지 사도세자는 죽어갔고 아들 정조는 아비의 죽음을 파헤치기 위해 살아남았다.

아무도 없는 편전에서 정조는 깊은 한숨을 쉬었다.

임금님은 왜 자기를 과인이라고 부를까?

과인의 '과(寡)'는 적음을 뜻하는 말로 과인은 과덕지인(寡德之人), 즉 덕이 부족한 사람을 뜻한다. 우리가 상대방에게 자신을 낮출 때 '나'가 아닌 '저'라고 하는 것처럼 임금도 자기를 가리킬 때는 스스로를 낮추어 과인이라고 했다. 과매, 과궁, 불체도 비슷한 의미. 평상시 임금이 자신을 나타낼 때는 '여(予)'라는 표현을 썼다.

조선 제2의 르네상스

– 정조 시대의 개막

정조 영정

정조는 조선 22대 왕으로 이름은 산祘, 자는 형운亨運, 호는 홍재弘齋이다.

사도세자로 알려진 장헌세자와 혜경궁 홍씨 사이에 태어난 정조는 할아버지 영조의 뒤를 이어 왕이 된다.

정조가 다스렸던 1776~1800년은 조선의 르네상스 시대라 불릴 만큼 조선 후기의 문화 부흥기였다. 18세기는 전 세계적으로 문명의 화려한 불꽃이 피어오른 시기다. 프랑스에서는 프랑스 대혁명이, 영국에서는 산업 혁명이 일어났으며 미국은 독립선언으로 최초의 민주 공화국으로서 첫걸음을 내디뎠고, 건륭 황제 통치 42년에 접어든 중국 청나라는 중국 역사상 최대의 문화 융성기를 맞이하고 있었다.

물론 조선이라고 빠질 수 없었다. 정치, 경제, 사회, 문화의 각 방면에서 케케묵은 낡은 것들을 개혁해 나갔던 정조의 재위 24년간은 왕조 문화의 절정기인 동시에 5천년 한국 문화의 정점이었다.

정조는 사회, 문화, 경제 전반에 새로운 제도를 도입하면서 당파 세력들과 싸워 나갔다. 상공업을 적극적으로 발전시키며 시장 경제의 원리를 도입했다. 또한 새로운 화폐를 통해 경제 발전을 이룬다.

정조의 개인 문집 『홍재전서』

한편 중국에서 들어오는 과학과 기술, 그리고 고급 문화를 적극적으로 받아들였다. 물론 조선의 문화가 휘둘리는 것을 막기 위해 노력했고, 중국 대중 문화에 오염된 일부 사대부들의 작태를 바로잡았다.

정조는 이 모든 것을 이루고 조선을 한 단계 올리기 위해서 힘이 필요했다. 그래서 왕권을 강화하고, 군대를 장악하기 위해 많은 노력을 기울였다. 화성 행차도 백성들에게 왕권을 보여주기 위해 이루어진 일이었다.

우리 역사는 300년을 주기로 문예부흥기를 맞이했다. 15세기 세종대왕 그리고 다음이 18세기의 정조대왕 시대였다. 또다시 300년이 흐른 지금, 우리는 또 어떤 문예부흥기를 맞고 있을까?

1장

인사동에서 길을 잃다

탑골 공원에서 버스를 내린 노빈손은 안국동 쪽으로 천천히 걸어 올라갔다. 오후의 따사로운 햇볕이 어깨 위에 살그머니 내려앉았다 도망치곤 했다. 근사한 고서적이나 벼루를 선물로 받고 싶다는 말숙이의 부탁, 아니 협박만 아니었다면 얼마나 우아한 나들이가 됐을까.

말숙이의 생일 선물을 대체 어디서 사야 할지 노빈손은 잠시 두리번거렸다. 고물상인지 골동품 가게인지 구별이 안 가는 가게 앞에서 노빈손은 발을 멈췄다. 일부러 닦지 않은 듯 꼬질꼬질한 절구가 퍼런 이끼를 두르고 아무렇게나 놓여 있었다.

"아저씨, 이 절구 얼마예요?"

"싸게 줄게. 50만 원만 주고 가져가."

허걱!

인사동은 뭐하는 곳인가?
서울 종로에 있는 인사동 거리는 현대 문화와 전통 문화가 조화롭게 공존하는 공간이다. 다양한 볼거리와 먹거리 축제, 문화 행사 등이 열리고 있으며 한국 전통 문화를 직접 마주할 수 있는 몇 안 남은 거리이다. 따라서 무분별한 개발을 막고 전통 문화를 지키기 위해 전국 최초의 문화 지구로 지정되었다.

주인 아저씨의 대답에 노빈손은 중풍의 예고편처럼 뒷목이 뻐근해 오는 것을 느꼈다.

"내 이럴 줄 알았어. 저런 돌멩이도 50만 원인데 화집이나 벼루는 얼마나 비쌀까. 으, 끝까지 버텼어야 하는 건데."

짐작대로였다. 말숙이가 찍어 준 물건들은 하나같이 고가품들이었고 가게마다 부르는 가격은 노빈손이 생각했던 것보다 최소 0이 하나, 심할 경우 두 개나 더 붙어 있었다. 노빈손은 새삼 말숙이와의 악연에 치를 떨었다.

어디, '눈물의 폐업, 봉투 값만 받고 드립니다' 같은 집 없나. 두리번거리던 노빈손의 눈에 간판 하나가 들어왔다. 작고 꼬불꼬불한 글씨로 규장각 분점이라고 쓰인 가게였다. 유리창에는 간판보다 더 삐뚤빼뚤한 글씨로 쓴 광고지가 덕지덕지 붙어 있었다.

'고객이 K.O 될 때까지! 할인은 계속된다!'
'지상에서 멸종된 가격!'
'내가 이 가격에 팔았다는 것을 남에게 알리지 말라!'

오호호, 광고 문안을 읽어 내려가던 노빈손의 눈이 번쩍 빛났다.

초강력! 태풍 세일!
'무조건 만 오천 원!'

노빈손은 쾌재를 불렀다. 궁하면 통한다더니 바로 이거구나. 노빈손은 더 생각할 것도 없다는 듯 힘차게 문을 열고 들어갔다.

삐거덕.

고서점 아니랄까 봐 어긋난 문짝이 비명을 질렀다.

"계세요?"

아무런 대꾸가 없었다. 밖에서 볼 때와는 달리 서점 안은 의외로 넓었고 종이 냄새 풀풀 나는 옛날 책들이 서가를 가득 채우고 있었다.

"우와, 도대체 무슨 책들이 이렇게 많아?"

문득 서가 꼭대기에 있는 책자에 눈길이 멎었다. 다른 책들과는 달리 아래에 붉은 띠가 둘러진 것이 예사롭지 않았던 것이다.

왠지 끌리는군. 말숙이 선물로 저걸 사야겠다.

"으악!"

사다리에 올라 책을 꺼내던 노빈손은 하마터면 놀라서 떨어질 뻔했다. 책이 빠진 공간 반대편에서 주인으로 보이는 할아버지가 노빈손을 빤히 쳐다보고 있었던 것이다.

"우씨, 도대체 뭐예요. 애 떨어질 뻔했네."

할아버지는 이빨이 몇 개 남지 않은 흐물거리는 입으로 괴상한 웃음을 흘렸다.

"너야말로 뭐하는 놈인데 남의 가게에서 멋대로 책을 꺼내 봐?"

"멋대로라뇨? 분명히, '계세요?' 하고 들어왔단 말이에요. 귀신처럼 숨어 있다가 나타난 할아버지가 더 이상한 거지."

할아버지는 끌끌 웃었다.

"귀신이라. 흐흐흐. 그거 참 재미있는 말이네."

할아버지는 노빈손의 손에 들린 책을 보고는 묘하게 입가를 실룩거렸다.

"그 책 사시게?"

"네."

"비싼데?"

"만 오천 원 아니에요? 균일가."

"뭔 소리여?"

"가게 앞에 붙여 놓으셨잖아요. 초강력 태풍 세일 어쩌구 하면서요."

"그럴 리가. 다시 가 보셔."

밖으로 나가 광고를 확인한 노빈손은 맥이 풀렸다.

'서울 대리운전 무조건 만 오천 원!'

-OO운수-

서점 광고가 아니라 그 사이에 붙어 있던 대리운전 광고지였고 급한 마음에 읽다 보니 작은 글씨를 미처 보지 못한 것이다.

"…죄송합니다. 안녕히 계세요."

양반가의 세간, 서가
보통 문이 달리지 않은 책꽂이를 말한다. 이 말이 쓰이게 된 것은 근대에 와서인데, 옛날에는 서적을 서궤(書櫃)에 넣어 두는 것이 보통이었다. 그후 넣고 꺼내기 편리하도록 문짝이 두 개 달린 장을 이용하게 되었고, 이윽고 문이 두 개 달린 장과 선반을 한데 붙인 2층의 장으로 만들어져서 대가집의 세간으로 중요한 역할을 하게 되었다.

"어이!"

문을 열고 나가려는 노빈손을 할아버지가 불러 세웠다.

"그 책에 관심이 있나?"

"조금요…. 표지가 예뻐서요."

"예쁘다…. 하긴 왕의 어머니가 쓴 책이니 예쁘긴 하지. 그런데 그 책이 무슨 책인 줄은 알아?"

"세 글자네요. 『간중록』?"

할아버지는 배를 잡고 웃었다.

"흐흐흐. 그 책 제목은 『간중록』이 아니라 『한중록』이야. 혜경궁 홍씨라는 분이 지었지."

노빈손은 책을 들어 표지를 바라보았다.

"흠, 흠."

한문이 짧아서 『한중록閑中錄』을 그만 『간間중록』으로 읽은 것이다.

"원한다면 만 오천 원 아니 천오백 원에 줄 수도 있는데…."

할아버지는 은근하게 말꼬리를 흐렸다.

"그게 무슨 말씀이세요?"

"내 심부름 하나만 해주면 그 값에 주겠다고."

"정말이요? 어떤 일인데요?"

"별거 아냐. 저기 안쪽에서 책 한 권만 가져다 주면 돼."

그러나 할아버지가 가리킨 곳은 생뚱맞게도 허옇

閑중록이냐, 恨중록이냐?
『한중록(閑中錄)』은 한가로운 때의 기록이라는 뜻으로 정조의 어머니인 혜경궁 홍씨가 회갑을 맞은 해이자 화성 행차를 거행했던 1795년에 지은 책이다. 무엇보다도 『한중록』에는 사도세자가 뒤주 속에 갇혀 죽을 당시의 처참했던 상황이 잘 드러나 있다. 그러한 이유에서 한이 서렸다는 의미의 '한(恨)' 자를 써 한중록(恨中錄)이라고도 한다.

게 회칠이 된 벽이었다.

“어디요?”

“손에 든 책을 저기에 꽂아 봐.”

할아버지는 구석에 놓인 작은 서가를 가리켰다. 거기에는 책 한 권이 딱 들어갈 만한 여백이 있었다.

“꽂으면요?”

무심하게 서가에 책을 꽂던 노빈손은 뒤로 벌렁 나자빠졌다.

“엄마야!”

책을 꽂자마자 벽이 양옆으로 스르르 갈라지며 통로가 나타난 것이다. 어두워서 안이 들여다보이지 않는 그곳은 마치 검은 입처럼 보였다.

“말도 안 돼. 무슨 007 시리즈도 아니고 고서점에 이런 첨단 시스템이?”

할아버지는 뭐가 그리 즐거운지 콧구멍을 벌렁거리면서 말했다.

“고서점은 이런 장치하면 안 된다는 법이라도 있냐.”

“저 안에 들어가면 뭐가 있는데요?”

“서가.”

“책장이요?”

“그렇지.”

“왜 할아버지가 직접 가시지 않고요.”

“나는 가게를 봐야 하지 않니?”

이거 어째 중국에서 당한 것과 비슷한데. 불길해,

007 시리즈의 역사

007 시리즈의 원조는 1953년에 발표된 이언 플레밍의 소설 『카지노 로얄』이다. 영화로 처음 만들어진 것은 1962년 개봉한 〈007 살인번호〉이다. 탄탄한 원작을 바탕으로 개봉될 때마다 최고의 화제가 된 007 시리즈는 40년 동안 무려 21편이 제작되었다. 다만 21번째 007 영화였던 〈카지노 로얄〉은 해리포터 시리즈의 기세에 조~금 눌렸다고 한다.

불길해.

그래, 항상 이런 식이었어. 이러다가 황당무쌍한 상황으로 끌려가 죽도록 생고생을 했었지.

"하하. 글쎄요…."

실없는 웃음을 흘리면서 노빈손은 슬슬 뒷걸음질을 쳤다.

빨리 여기서 나가자.

어디선가 호랑이 으르렁거리는 소리가 들렸다. 말숙이의 목소리가 천상의 계시처럼 노빈손의 발목을 잡았다.

'빈손아, 죽고 싶으면 네 마음대로 하렴.'

노빈손은 마음을 정했다. 사람이 한 번 죽지 두 번 죽냐.

"좋아요, 갈게요."

"그래, 잘 생각했어. 사실 별것도 아니잖아."

"그런데 무슨 책을 가져오면 돼요?"

할아버지는 종이에 정성스럽게 글자 몇 개를 적었다.

"읽어 봐."

"…."

할아버지는 혀를 찼다.

"『한중록』도 못 읽는 애한테 기대한 내가 잘못이지. 한글로도 써주마."

종이를 받아 든 노빈손은 한 글자씩 조심스럽게 읽어 내려갔다.

조선시대 기록 문화의 절정, 의궤

왕실의 혼례나 장례와 같은 국가적인 행사를 처음부터 끝까지 자세하게 기록한 책이다. 의식의 순서는 물론이고 의식에 참여한 사람들과 그들에게 지급된 임금까지도 낱낱이 기록되어 있다. 자세한 그림도 곁들여져 있어 오늘날 조선시대의 문화를 복원하는 데 큰 도움이 되고 있다. 2007년 7월 『화성성역의궤』가 유네스코에 의해 세계기록유산으로 인정되었다.

“『원행을묘정리의궤』? 이게 무슨 뜻이래요?”

“그건 알 거 없다. 한문이 부실하니까 무조건 여덟 글자로 된 책을 찾아보거라.”

“부실하다뇨? 할아버지, 도대체 저를 뭘로 보시는 거예요?”

“너? 팔푼이.”

“으악! 분해! 억울해!”

“억울하면 공부해라. 자, 빨리 가서 그 책을 가져와라. 그러면 네가 원하는 『한중록』에다 화집이랑 벼루까지 얹어서 주마.”

노빈손은 침을 꿀꺽 삼켰다.

“알았어요. 하여간 그 책이 저 안에 있기는 한 거죠?”

“속고만 살았나. 빨리 가져오기나 해.”

노빈손은 심호흡을 하고는 검은 입속으로 천천히 걸어 들어갔다. 들어서는 순간 뭔가 얇은 막을 통과한 느낌이었다. 그러고 보니 걸리는 것이 또 있었다. 화집이랑 벼루 이야기는 하지도 않았는데 그걸 어떻게?

역시 돌아가는 것이 좋겠다고 마음을 고쳐먹는 순간, 갑자기 체중이 앞으로 쏠렸다.

어어, 경사가 진 것 같은데?

내리막이 급해지면서 덩달아 노빈손의 발걸음도 빨라졌다.

“할아버지, 이게 도대체….”

갑자기 딛고 있던 바닥이 푹 꺼지면서 노빈손의 몸

조선 선비들의 네 가지 친구, 문방사우

종이, 붓, 벼루, 먹 등 글공부하는 선비의 필수 학용품을 친구로 의인화하여 나타낸 말이다. 풀이하면 공부방의 네 친구 정도? 중국에서는 네 가지 보물을 뜻하는 문방사보라고 하기도 했고, 황제의 신하를 뜻하는 후(侯)를 써서 문방사후라고 하였다. 그만큼 공부하는 데 꼭 필요한 물건이었다는 의미였겠지?

이 거꾸로 뒤집혔다. 열심히 팔을 휘저어 보았지만 허공뿐.

"사람 살류! 내 이럴 줄 알았다니까!"

처절한 비명을 지르며 노빈손은 칠흑 같은 어둠 속으로 사정없이 빨려 들어갔다. 환청처럼 할아버지의 고함 소리가 귓가에 들려왔다.

"그 책 잘 기억해! 그거 없으면 넌 못 돌아와!"

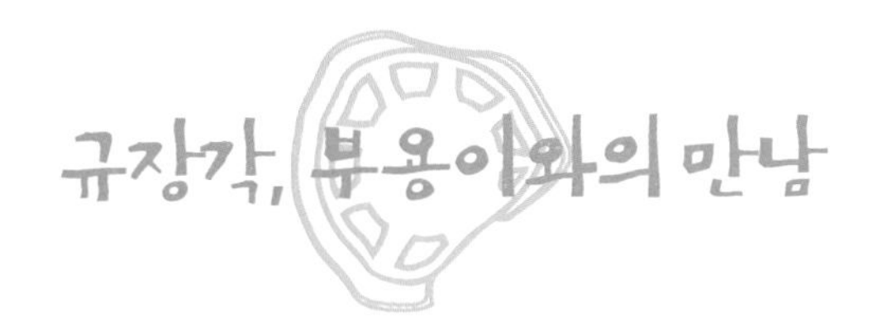

규장각, 부용이와의 만남

첫째, 눈을 뜬 뒤 '여기가 어디지?' 따위의 말을 지껄이지 않는다. 하고 나면 바보가 된 느낌이 든다.

둘째, 처음 나타나는 것이 사람이건 동물이건 설사 그게 외계인이라도 결코 당황하지 않는다. 대부분 납득할 수 없는 인물이 나타난다.

조선시대 장서 보관법
책은 종이로 만들고 종이는 나무로 만든다. 고로 책은 곧 나무란 말씀. 나무는 열에 약할 뿐 아니라 습기나 곤충에도 약하다. 그래서 우리 조상들은 책을 오래 보존하기 위해 거풍(擧風)이라는 풍습을 가지고 있었다. 장마가 끝나면 습기를 먹은 축축한 책을 햇볕에 뽀송뽀송하게 말리는 것이다. 또 좀약이 없었던 그 시절에는 사향이나 장뇌를 넣어서 좀벌레의 피해를 줄였다고도 한다.

셋째, 그 사람 혹은 냉장고나 쥐며느리가 황당한 상황을 설명해 줘도 놀라지 않고 상냥하게 웃어 준다. 어차피 발버둥을 쳐 봐야 달라지는 것은 아무것도 없다.

그간의 모험 생활을 통해 나름대로 정리해 놓은 행동 수칙이었다. 노빈손은 눈을 뜨기 전 세 가지 원칙을 다시 한 번 입 안에서 굴려 보았다. 자, 이제 눈 뜰 차례! 심봉사 눈뜨는 심정으로 노빈손은 비장하게 눈꺼풀을 열어젖혔다.

에게, 이게 뭐야? 달라진 게 없잖아?

정말 그랬다. 약간 어둡기는 했지만 주변에 책장이 즐비한 것이 아까 그곳과 다르지 않았던 것이다.

혹시 이번에는 아무 일 없이 그냥 넘어가려나?

퍽!

별안간 바람을 가르는 소리와 함께 뒤통수에 묵직한 충격이 전해져 왔다.

"악!"

노빈손은 외마디 비명소리와 함께 그 자리에 주저앉았다. 눈물이 글썽한 눈으로 올려다보니 머리를 곱게 땋은 소녀가 자신을 매서운 눈길로 째려보고 있었다. 두 손으로 자기 키만한 나무 작대기를 꼬나들고 있었는데 아마 그걸로 노빈손의 뒤통수를 풀 스윙해 버린 것 같았다.

"아니, 도대체 누군데 다짜고짜 사람을 때리고 난리…."

억울하고 분했지만 금방이라도 2차 공격을 개시할 것 같은 소녀의 결연한 눈빛에 노빈손은 슬그머니 말끝을 올렸다.

"…세요…?"

"내가 할 소리. 행색을 보아하니 이곳에 드나들 위인이 아닌 것 같은데, 뭐하는 놈인데 이 시간에 여기서 얼쩡거려?"

"저는 노빈손이라고 하는데요, 책 좀 가지러 왔거든요."

임금도 막을 수 없었던 유행
조선 후기에는 여자들의 머리가 문제가 됐다. 사극에서 볼 수 있는 동글동글한 머리 모양을 가체라고 하는데 가체의 모양이 화려해지고 커지면서 점점 사치가 심해졌고 심지어 가체의 무게 때문에 목이 부러져서 죽는 여자도 있었다. 정부에서는 가체를 금지하는 명령까지 내렸지만 미에 대한 열망을 꺾을 수는 없었다고 한다. 여자의 변신이 죄는 아니잖아요~!

"무슨 책?"

노빈손은 열심히 주머니를 뒤적거려 봤지만 규장각 할아버지가 적어 준 쪽지를 찾을 수 없었다.

"그게… 그러니까 여덟 글자인데…."

"이상한 놈이네? 무슨 책이냐니까 여덟 글자라고?"

"미치겠네. 좀 전까지 여기 있었는데… 원행 뭐라고 했는데."

허둥대는 노빈손을 바라보는 소녀의 눈빛은 처음보다 많이 누그러져 있었다. 하긴 생긴 걸로 보나 하는 짓으로 보나 노빈손을 보고 위협을 느낀다면 그 사람이 더 이상할 것이지만.

"내가 참고로 말해 주는데 이 규장각에 원행으로 시작하는 여덟 글자짜리 책은 없어."

"규장각이요? 규장각 분점이 아니라?"

"내 평생에 규장각이 분점 냈다는 얘기는 처음이다. 여기는 그냥 규장각."

노빈손은 머리를 긁적거렸다.

"이상하네. 분명 간판에 그렇게 쓰여 있었는데."

"간판 같은 소리 하고 있네. 너 책도둑이지? 요즘 궁궐 밖에 좀도둑들도 사라졌다던데…. 궁 안에서 겁 없이."

순간, 노빈손의 머릿속을 꿰뚫고 지나가는 한 줄기 불안감! 그러고 보니 소녀의 옷차림도 민속촌이나 사극 스타일 아닌가.

조선시대의 책값
책을 만드는 데 들어간 종이량에 따라 가격이 달랐다. 『논어』는 종이 34첩이 들어가 면포 한 필 반, 쌀 두 말이었고 『중용』은 종이 5첩이 들어가 쌀 한 말 닷 되였다. 일반 백성이 사 보기에는(읽을 수 있는 사람도 많지 않았지만) 상당히 비싼 편이었다고 한다.

"혹시 좀 전에 궁궐이라고 하셨어요?"

"그렇다. 왜?"

갑자기 눈앞이 침침해졌다. 아니나 다를까 또다시 황당한 상황이 펼쳐지려 하고 있는 것이다.

"그럼 지금 연도가?"

"연도? 건륭 60년이지."

으으, 건륭은 또 뭐냐. 나중에 알았지만 건륭은 청나라의 황제였고 당시에는 중국 황제의 재위 기간에 따라 연도를 기록하고 있었던 것이다.

"건륭 60년이면 혹시 여기가 중국인가요?"

소녀는 어이없다는 듯 피식 웃었다.

"얘, 이제 보니 상태 많이 안 좋네. 여기는 조선이잖아."

노빈손은 멍한 표정으로 소녀가 한 말을 되풀이했다.

"…조선이요…?"

"그래. 조선. 정말 이상한 애네?"

으흐흑, 이상한 게 아니고 돌아 버리고 싶은 거라니까. 노빈손은 신에게라도 따지고 싶은 심정이었다. 울고 싶은 이유는 또 있었다. 그토록 다짐을 했건만 행동 수칙 세 가지를 결국 어겨 버린 것이다. 그것도 순식간에.

망연자실한 노빈손을 소녀는 의혹이 가득한 눈길로 바라보았다.

1795년이 아니라 건륭 60년?
지금 우리가 연도를 표기하는 방법은 서기로 서양식 연도 표기법이다. 서기가 들어오기 전에는 연호라는 것을 사용했다. 연호는 군주의 재위 기간에 따라 해를 세는 것이다. 건륭 60년이라는 것은 청나라 황제인 건륭제가 즉위한 지 60번째 해라는 것이다. 우리나라는 조선시대에는 중국의 연호를 사용했고, 해방 후에는 단군의 고조선 건국을 기준으로 하는 단기를, 1962년부터는 서기를 사용하기 시작했다.

암담한 상황에 처할수록 정신이 맑아지는 게 노빈손의 장기 아니던가. 노빈손은 눈을 감고 차분히 상황을 정리했다.

"그러니까 지금은 조선시대라는 말이렷다. 그 말은 내가 시간 여행을 했다는 얘기이고. 현재 위치는 왕실 도서관인 규장각. 돌아갈 방법은 아직 알 수 없음. 음, 만만치 않군."

"혼자서 구시렁거리는 게 특기냐?"

불쑥 끼어든 소녀의 말에 노빈손은 인상을 찌푸리며 눈을 떴다. 갑자기 기분이 나빠졌다.

얘는 왜 아까부터 반말이야.

"저기 있잖아요."

"말해."

"저 도둑 아니거든요. 그리고 실례지만 몇 살이세요?"

"그건 왜 물어?"

"아까부터 저한테 자꾸 반말하시는데요, 아무래도 저보다 아래인 것 같아서요."

"그래, 좀 삭아 보이긴 한다. 너 몇 살인데?"

"스무 살이요…."

소녀는 눈을 몇 번 껌뻑거리더니 시큰둥하게 말했다.

"…너도 반말해."

"그래도 되나…요?"

"남자가 소심하긴. 화끈하게 말 놔."

"저기… 아직 몇 살인지는 말해 주지 않았는데…."

소녀는 눈을 흘겼다.

"지금 숙녀의 나이를 묻겠다고? 아주 예의 없는 위인이군."

"그럼 성함이라도…?"

"김부용."

"그럼 부용이라고 불러도 돼?"

소녀는 썩 내키지 않는 듯 고개를 저었다.

"이름을 막 부르는 건 좀 그렇고. 뭐 다른 거 없나?"

"부용 씨는 어때?"

"으흐흐, 닭살 돋아."

으음, 뭐가 좋을까.

궁리 끝에 노빈손은 조심스럽게 말했다.

"그럼 김양은?"

양, 군은 일본식 호칭?
호칭에 쓰이는 '군(君)', '양(孃)'이 일본식 한자어인가 하는 점에 대해서는 뚜렷한 정설이 없다. 다만, 사용법이나 대상이 우리나라와 거의 똑같은 것으로 미루어보아 일본에서 쓰던 표현을 우리가 받아들였다는 데에 대체로 의견이 모아지고 있다. 일제 치하에 정착된 것으로 추정된다.

생소한 듯 입 안에서 몇 번 굴려 보던 부용은 고개를 끄덕였다.

"김양이라… 차라리 그게 낫겠다."

"흐흐흐. 그럼 이제부터 너는 김양이다. 나는 노빈손이라고 해."

"그럼 너는 노씨라고 부르자."

"저기, 내가 아무래도 나이가 위인 거 같은데 오라버니라고 부르면 어때?"

부용의 눈초리가 치켜 올라갔다.

"좀 풀어 주니까 기어오르네? 혼나 볼래?"

"농담이야. 나는 그냥 빈손이라고 불러 줘. 노씨라고 하니까 갑자기 할아버지가 된 것 같아."

"빈손."

"김양."

한 번씩 서로의 이름을 불러 본 두 사람은 풋! 웃음을 터트렸다. 이런 황당한 상황에서도 웃음이 나올 수 있다는 사실이 새삼 놀라운 노빈손이었다. 그런 이유로 인생이란 알 수 없는 것.

안경을 쓴 그대는 누구?

"그러니까 네가 지금 미래에서 온 거라는 말씀?"

"그렇지."

"원행 뭐시긴가 하는 책을 찾으러?"

"옳지."

"그래서 그걸 지금 나보고 믿으라고?"

"응."

망설임 끝에 자신의 정체(?)를 털어놓은 노빈손은 부용의 반응을 기다렸다. 아마, 좀 놀랐을 거야. 하긴 나라도 누가 미래에서 왔다고 하면 믿겠어?

과연 부용은 빈손이 말한 내용에 충격을 받았는지 한참 동안 말이 없었다.

사정을 이해했다는 듯 여러 번 고개를 끄덕이던 부용은 빈손을 향해 씩 웃어 보였다. 그리고 사정없이 노빈손의 이마를 향해 날아드는 펀치 한 방!

"에이, 이 사기꾼. 어디서 지어낼 거짓말이 없어서 그딴 걸…."

"으, 정말 미치겠네. 속을 뒤집어 보일 수도 없고."

노빈손이 흥분해서 목소리가 점점 커지고 있는데 갑자기 부용이 노빈손의 입을 손가락으로 막더니 목소리를 낮췄다.

"쉿! 누가 있어."

부용의 말대로 과연 서가 한 켠에서 불빛이 일렁이고 있었다.

"이상하다? 이 시간엔 공부하시는 분들이 없는데. 이번엔 진짜 좀도둑 아냐?"

고양이처럼 몸을 웅크린 부용은 불빛 쪽으로 살금

옛날 사람들은 왜 머리카락을 안 잘랐을까?
상투는 삼국시대부터 근대 개화 이전까지 지속된 우리나라 성인 남자의 머리형이다. 옛날 총각들은 결혼을 하거나 관례를 치르면서 그동안 기른 머리털을 끌어올려 정수리 위에서 틀어 감아 삐죽하게 만들고, 거기에 동곳을 꽂아 고정시킨 다음 망건을 썼다. 머리카락 한 터럭도 부모님에게 받은 것이니 함부로 잘라서는 안 된다는 생각 때문에서였다.

살금 기어갔다. 노빈손도 까치발을 하고 그 뒤를 따랐다.

서가에서 책을 꺼내 보고 있던 것은 안경을 쓴 건장한 남자였다. 부용은 눈을 가늘게 뜨고 사내를 뜯어보았다.

"누구지? 처음 보는 얼굴인데? 옷차림을 보아하니 높은 어르신네인 것 같은데."

인기척을 느낀 사내가 부용과 노빈손이 있는 쪽으로 고개를 돌렸다.

"에이, 들켰네."

부용은 선수를 치려는 듯 벌떡 일어났다.

"아저씨, 거기서 뭐하세요?"

사내는 부용의 당돌한 어투에 잠시 당황한 듯했다. 부용은 따지듯 연거푸 물었다.

"거기서 뭐하시는 거냐구요?"

"나 말이냐?"

"그럼 거기 아저씨 말고 또 누가 있어요?"

"보면 모르니? 책 보잖아?"

"거짓말 마세요. 제가 이래봬도 규장각 출입 3년째거든요. 여기서 공부하시는 선비님들 얼굴은 얼추 아는데 아저씨는 처음 보거든요."

"나는 3년도 훨씬 넘었다만 자네는 처음 보네."

사내는 은근히 부용을 놀리고 있었다. 부용은 기분이 상한 듯 목소리를 높였다.

"세게 나오시네? 자꾸 이러시면 사람을 부를 거

규장각이란?
조선시대 왕실 도서관이면서 학술 및 정책을 연구한 기관. 정조 즉위년(1776)에 설치되었다. 역대 임금의 글이나 글씨 · 옛 서적이나 임금의 초상화 등을 보관하고, 많은 책을 편찬 · 인쇄 · 반포하여 조선 후기의 문학을 선도하는 역할을 하였다. 1894년 갑오개혁 때 폐지되었다.

예요."

"그래? 부르시게나. 나는 하나도 겁 안 나네."

보다 못한 노빈손이 중재에 나섰다.

"저기요, 괜히 상황 피곤하게 만들지 마시고 우리 여기서 못 본 척하고 헤어지죠?"

사내는 노빈손에게 시선을 돌렸다.

"거 이상한 논리일세. 분명히 보았거늘 어찌 못 본 척한단 말인가?"

"아이참, 이 아저씨 말 무지 안 통하네. 그냥 못 본 척하고 제 갈 길로 가자니까요?"

"그럼 자네들은 자네들 갈 길로 가게나. 나는 책 좀 보다 가겠네."

사내는 부용과 노빈손을 무시하듯 고개를 돌리고는 다시 책에 눈길을 묻었다.

"칫! 별 이상한 아저씨 다 보겠네. 빈손, 우리 딴 데로 가자."

뾰로통해진 부용은 노빈손의 소매를 잡아끌었다. 돌아서는 부용과 노빈손에게 들으라는 듯 사내는 큰 소리로 말했다.

"어허, 출출하다. 감주하고 떡이나 좀 먹고 할까."

사내는 보따리에 싼 떡을 꺼내 한입 맛있게 베어 물었다.

쪼르륵.

먹을 것만 보면 빈손의 뱃속은 예외가 없었다. 부용은 눈을 흘겼다.

"얘는 추접스럽게 왜 이래?"

꼬르륵.

감주도 술인가?
단술이라고도 한다. 엿기름을 우린 물에 밥알을 넣어 식혜처럼 삭혀서 끓인 음식. 발효시킨 음료지만 알코올 성분은 없다.

말을 마치기도 전에 부용의 뱃속에서도 화답을 했다. 부용의 얼굴이 새빨개졌다.

"…저녁을 부실하게 먹었나?"

사내는 같이 먹지 않겠냐는 듯 슬쩍 떡을 들어 보였다. 노빈손이 이런 제안을 놓칠 리 없었다. 침을 꿀꺽 삼키는 것과 동시에 발걸음은 이미 사내를 향하고 있었다.

"갑니다용."

일말의 고민도 없이 사내에게 달려가는 노빈손을 보고 부용은 혀를 찼다.

"저런 구질구질한 인간 같으니. 좀 사양하는 맛이 있어야지."

"김양, 얼렁 와."

양손에 떡을 든 노빈손이 떡고물을 입가에 묻힌 채 부용을 부르고 있었다.

떡과 감주를 펼쳐놓고 둘러앉으니 소풍이라도 나온 것 같았다. 은은한 촛불과 서향(책 냄새)이 어우러진 멋진 야참이었다. 감주를 홀짝 들이킨 부용이 물었다.

"아까는 소리 질러서 죄송해요. 근데 아저씨는 뭐 하는 분이세요?"

"나? 규장각 주인일세."

부용은 혀를 쏙 내밀었다.

"농담도 잘하시네. 그럼 아저씨가 임금님이란 말씀이세요?"

조선시대 사람들은 하루 몇 끼를 먹었을까?

옛날 사람들은 보통 아침과 저녁 두 끼를 먹었으나, 해가 길어지거나 운동량이 많으면 점심을 포함해서 세 끼를 먹었다. 처음엔 점심이란 말이 '아무 때나 간단하게 먹는 밥'이라는 뜻이었으나 나중에 아무 때나 먹는 음식은 '요기'라는 말로 대체되었다.

"잘 아시는구먼."

"하하하. 이 아저씨 정말 웃겼어."

부용은 정색을 하고 말했다.

"뭐 감주 한 잔 얻어먹었다고 이러는 건 아니구요. 아저씨, 어디 가서 그런 말씀 절대 하지 마세요. 그랬다가는…."

부용은 손으로 목을 긋는 시늉을 해 보였다.

"이렇게 된다구요."

"알겠네. 조심하지. 이번에는 나도 좀 물어보겠네. 자네들이야말로 이 밤중에 여기서 뭘 하는 건가."

부용은 거침없이 말했다.

"저는 책 보려고 들어왔구요. 빈손이는…."

"저도 뭐 비슷…."

사내는 노빈손을 아래위로 훑었다.

"그다지 책 보게 생긴 관상은 아닌데…."

뭣이?

노빈손의 표정이 일그러졌다.

까칠해진 노빈손을 외면한 채 사내는 부용에게 물었다.

"그래, 무슨 책을 보는고?"

"의술 책이요."

"뭐, 의술 책? 자네가 의술 책을 본다고? 그럼 이 책을 보았나?"

『의방유취』는 어떤 책?
세종 27년(1445)에 임금의 명에 의해 편찬된 한방의학의 백과사전이다. 266권 264책으로 편성되어 성종 8년(1477)에 한계희 · 임원준 등이 30질을 인쇄 출판하였다.

사내는 서가에서 책 한 권을 빼서 부용에게 물어보았다.

"『의방유취』잖아요."

"그렇네. 그럼 책의 내용도 알고 있고?"

"조선 4대 임금님(세종)의 명으로 만들어진 것이구요, 일종의 의학 백과사전이라고 해야 하나? 하여간 「보단요결이」, 「주씨집험방」, 「왕씨집험방」 등 여섯 개의 의방을…."

술술 쏟아져 나오는 부용의 대답에 노빈손은 그만 들고 있던 떡을 떨어뜨릴 뻔했다. 아니, 얼굴도 예쁜 애가 똑똑하기까지? 원래 공부란 것은 좀 안 예쁜 애들의 전유물이며 그 유일한 예외는 말숙이뿐이라고 굳게 믿고 있던 노빈손의 세계관에 금이 가는 순간이었다.

사내의 얼굴에는 대견함이 그득했다.

"허허, 아주 똑똑한 처자로구먼. 보통이 아니야. 그럼 이 책은?"

사내는 또 다른 책을 꺼내 보였다. 이번에도 부용은 막힘이 없었다.

"그 책으로 말씀드릴 것 같으면 어쩌구 저쩌구…."

"허어, 그것 참…."

묻고 감탄하고 또 묻고 감탄하고. 나중에는 지루해서 하품이 날 지경이었다. 그제야 사내는 노빈손에게도 눈길을 돌렸다.

"자네는 무슨 책을 보는고?"

노빈손은 뜨끔했다. 기대치가 한없이 높아져 있는 상황 아닌가. 혹시 사내가 아무 책이나 꺼내들고 물어보기라도 한다면? 으, 생각만 해도 식은땀 나는 상

논술 못하면 과거 시험도 꽝!
과거를 보자면 기본적으로 4서3경은 꽉 잡고 있어야 했다. 4서는 『논어』·『맹자』·『대학』·『중용』을 3경은 『시경』·『서경』·『역경(주역)』을 가리킨다. 여기에 『예기』·『춘추』…끝도 없다. 그러나 가장 중요한 것은 논술인 대책 시험이다. 말 그대로 어떤 사회 문제에 대한 대책을 내놓는 것으로 예비 관리의 자질을 평가하는 중요한 시험이었다.

황이다. 노빈손은 대충 둘러댔다.

"저는 공부보다는 창작 쪽이라고나 할까요. 뭐, 시를 조금 짓습니다."

그 말에 사내의 표정이 달라졌다.

"시? 자네가 시를 짓는다고? 어디 한번 들어 볼까."

허걱! 내가 왜 그런 말을. 무심결에 튀어나온 말을 어떻게든 수습을 해야만 했다. 사내는 한 손으로 턱까지 괴고 노빈손의 입이 떨어지기를 기다렸다. 침이 마르고 가슴이 벌렁거렸다.

에라 모르겠다. 노빈손은 눈을 지그시 감고 시 한 수를 멋들어지게 읊어 나갔다.

뜰 아래 반짝이는 햇살같이
창가에 속삭이는 별빛같이
반짝이는 마음들이 모여 삽니다
오순도순 속삭이며 살아갑니다

제법인데 하던 사내의 얼굴은 다음 소절에서부터는 조금씩 상기되어 갔다.

비바람이 불어도 꽃은 피듯이
어려움 속에서도 꿈은 있지요
웃음이 피어나는 새동네 꽃동네
행복이 번져가는 꽃동네 새동네

노빈손이 읊은 시는 누구의 것일까?
윤혁민이 작사하고 최창권이 작곡한 1970년대 건전가요 〈꽃동네 새동네〉이다. 가족과 이웃의 어려움을 서로 격려하고 따뜻한 웃음을 심어 주자는 내용이다.

노래, 아니 시가 다 끝나고도 사내는 감흥에서 깨어나지 못한 것 같았다.

"비바람이 불어도 꽃은 피고 어려움 속에서도 꿈은 있다. 음, 그것 참 내 심정하고 똑같네. 근데 그 시 제목은 뭔가?"

알게 뭐냐. 노빈손은 태연하게 노래의 제목을 댔다.

"꽃동네 새동네요."

"꽃동네 새동네라…. 꽃동네는 화성하고 느낌이 비슷하구먼. 새동네도 그렇고."

종잡을 수 없는 말이었지만 노빈손은 장단을 맞춘답시고 고개를 끄덕였다.

"이제 보니 둘 다 보통이 아니구먼. 밤에 마실 나온 보람이 있었어. 이보게들, 우리 이렇게 하는 게 어떻겠나?"

부용이는 귀를 쫑긋하고 사내의 말을 기다렸다.

"이렇게 밤에만 셋이 몰래 만나세. 와서 책도 보고 이야기도 하고…."

슬쩍 노빈손이 끼어들었다.

"떡도 먹고, 감주도 먹구요. 고추전도 있으면 좋은데…."

부용은 눈을 흘겼고 사내는 껄껄 웃었다.

"먹을 게 빠지면 섭섭하지. 그럼 다음에 또 보세."

사내는 손을 흔들어 주고는 서가 사이로 사라졌다. 부용의 눈길은 사내의 뒷모습에 오랫동안 머물러 있

꿈의 도시, 화성
지금쯤은 모두 정조가 화성을 건설했다는 걸 알 것이다. 이만큼이나 읽었는데 당연하잖아? 진시황제가 만리장성 쌓았다는 것도 다들 알고 있지? 만리장성을 쌓는 데 동원된 사람들 중에는 굶어 죽은 사람, 얼어 죽은 사람이 부지기수. 화성은 하루하루 임금이 꼬박꼬박 나오고 반나절 일한 경우에도 꼭 그만큼의 임금이 나왔다고 한다. 진시황제, NO! 정조대왕, 짱!

었다.

"이상해. 낯이 익단 말이야. 어디서 봤더라?"

보아하니 부용이도 노빈손만큼이나 궁금한 것을 못 참는 체질 같았다.

"어, 안경이다."

서가 한 귀퉁이에 사내가 잊고 간 안경이 놓여 있었다.

부용은 안경을 들어 보고는 중얼거렸다.

"이건 귀한 거라 아무나 못 쓰는 건데."

"귀하긴. 그런 건 개나 소나 다 쓰고 다니는 거야. 그 뿐인 줄 아니? 눈에다 레이저 광선을 쏘면 시력이 좋아지는 엑시머레이저라는 것도 있다니까."

부용의 표정이 쌜쭉해졌다.

"너, 또 미래가 어쩌구 그런 얘기 하려는 거지?"

아이고, 또 때릴라. 노빈손은 조용히 입을 닫았다.

뎅뎅뎅.

그때 어디선가 연달아 종소리가 들렸다.

"인경(새벽 다섯 시)이네. 우리도 슬슬 나가야겠다."

"왜?"

"좀 있으면 사람들이 나오거든."

"규장각 출입 3년째라며. 사람들이 보면 안 돼?"

"무단출입으로 3년입니다. 낮에 들락거릴 여건이 안 되니까 밤에만 오는 거야. 아버지 작업실이 이 근처거든. 그래서 사람이 없는 밤에 몰래 들어오는 거지."

정조가 안경을 썼다고?
『정조실록』에 보면 정조 23년(1799년) 7월에 정조가 안경을 착용했다는 기록이 있다. 임진왜란을 전후한 시기에 안경이 처음 한국에 등장한 것으로 추정된다. 우리나라에 남아 있는 가장 오래된 안경은 조선 선조 때 문신이었던 학봉 김성일(1538~1593년)의 것이다.

"아버지가 뭐하는 분인데?"

"잘 모를 거야. 화가인데 홍자 도자 쓰셔."

"뭐, 그럼 김홍도?"

노빈손은 놀라움과 신기함에 입이 벌어졌다. 아니 이 말괄량이가 전설의 화가 김홍도의 딸이라고? 그것은 자신이 조선시대로 날아왔다는 사실이 실감나는 순간이기도 했다. 그런 노빈손의 심정을 아는지 모르는지 부용은 싱긋 웃어 보였다.

"근데, 너 정말 시 잘 짓는다."

끄응. 거 칭찬, 참 많이 민망하네.

이럴 수가 김홍도

빈손이 부용이를 만난 것은 불행 중 다행이었다. 처음 인상과 달리 싹싹하고 붙임성 있는 부용이는 궁궐 안 사람들과 사이가 좋았고, 그런 부용이 덕분에 빈손은 편하게 궁궐 구경을 할 수 있었다. 부용이가 아버지 몰래 가져다 준 옷을 입고 말이다. 마침 이른 봄꽃이 피기 시작한 후원에는 그야말로 꽃과 나무들이 형형색색이었다. 어찌나 아름답고 우아한지 무릉도원에 와 있는 기분이었다.

무릉도원이 뭐야?
신선이 살았다는 전설의 중국 명승지이자, 세상과 따로 떨어진 별천지를 비유적으로 이르는 말. 도연명의 『도화원기』에 나오는 말로, 중국 진(晋)나라 때 호남(湖南) 무릉의 한 어부가 배를 저어 복숭아꽃이 아름답게 핀 수원지로 올라가 난리를 피하여 굴 속에서 사는 사람들을 만났는데, 하도 살기 좋은 곳이라 바깥세상이 변하는 것도 모르고 있었다 한다.

부용은 부용대로 없던 친구가 생긴 터라 빈손이 묻

지 않아도 이것저것 가르쳐 주지 못해 안달 난 사람 같았다. 부용은 손가락으로 건물 입구 위에 붙은 액자를 가리켰다.

"저건 말이지. 편액이란 거야."

"편액?"

"응, 이를테면 건물을 나타내는 호패라고나 할까? 임금님이나 왕비님 같은 분들이 계시는 곳은 마지막에 전展자가 붙어."

"아항 그렇구나."

"그리고 당堂으로 끝나는 곳은 그보다는 조금 격이 낮은 것이고 정亭자로 끝나면 휴식 공간으로 많이 쓰이는 정자를 말하는 거지."

사실 한문이 짧은 노빈손에게 그게 다 그걸로 보였지만, 뭐 다 알아야 맛인가.

조잘조잘 설명을 쏟아 내던 부용의 표정이 일순간 굳어졌다.

"…아버지다."

아버지? 그렇다면 김홍도? 오우, 내가 그 유명한 김홍도를 직접 보다니. 부용의 시선을 따라간 곳에는 과연 알려진 대로 훤칠하고 출중한 외모를 지닌 중년의 사나이가 팔짱을 낀 채 버티고 있었다. 입가에 잔잔하게 매달린 웃음이 전혀 우호적이지 않다는 사실이 금방 드러났지만.

"또 규장각이냐?"

헐! 이럴 수가! 귀를 의심할 정도로 차갑고 냉랭한 목소리였다. 부녀 사이의 따뜻한 대화를 기대했던 노

부용이는 진짜 김홍도의 딸이었을까?
미안하다. 알 수 없다. 우리도 김홍도에게 딸이 있었는지 정말 알고 싶다. 김홍도가 언제 죽었는지도 알려져 있지 않은 상황에서 조선시대에 아들에 비해 덜 중요하게 여겨졌던 딸의 존재까지 확인하긴 어려웠다. 대신 아들은 있었다. 아들의 이름은 양기, 아버지의 피를 받았는지 역시 화가가 되었다고 한다. 그러나 워낙 대가였던 아버지 수준에는 미치지 못했단다.

빈손으로서는 깜짝 놀라지 않을 수 없었다. 차갑기는 부용도 마찬가지였다.

"오늘은 웬일로 술을 안 드셨대요? 해가 서쪽에서 뜰 일이네."

"이제 잘못했다는 말도 않는구나. 아비한테 대들기나 하고 그게 올바른 행실이냐?"

"집에서 배운 게 있어야 바른 행실도 생기죠."

아이구 춥다. 무슨 아버지와 딸 사이가 이래? 차가운 시베리아 한랭전선의 가운데 낀 것처럼 노빈손은 한기를 느끼고 있었다. 김홍도는 애써 화를 눌러 참고 있는 것 같았다.

불똥은 난데없이 노빈손에게 튀었다.

"골상학적으로 이상하게 생긴 네 놈은 또 뭐냐?"

"저는 노빈손이라고 하는데요."

"누가 이름 물어봤어? 왜 내 딸 뒤를 졸졸 따라다니는 건데?"

"따라다니는 것이 아니라 같이 다니는 건데요?"

"이런 고얀, 꼬박꼬박 말대꾸? 너희가 무슨 부부 유람단이냐?"

한 방 치기라도 할 기세였다. 노빈손은 잔뜩 겁을 먹고 몸을 움츠렸다. 세상에 김홍도가 이런 사람이었다니. 〈서당〉이나 〈씨름〉 같은 따뜻한 풍속화를 그렸던 사람이 자기 딸에게는 시베리아 칼바람?

"그만하게. 궁궐 안에서 이 뭐하는 짓인가."

갑자기 끼어든 목소리에 세 사람은 뒤를 돌아보았

검서관이란?
조선 정조 때 규장각 내에 부설한 실무직. 기본 임무는 규장각 각신을 보좌하고 문서를 필사하는 것이었다. 정조는 왕과 신하들 사이에 논의되는 내용을 이들로 하여금 기록하고 보관하게 하는 등 중요한 역할을 맡겼다. 정조는 당대의 새로운 사상인 북학론적 사유를 적극 수용하고자 하였고, 서얼이 임용될 수 있었던 것도 이러한 의도와 관련된 것이었다.

다. 유난히 머리가 큰 관복의 사나이였다. 김홍도는 얼굴이 붉어지면서 허둥지둥 인사를 했다.

"검서관 나리 아니십니까?"

"꾸중을 할 거면 집에서 할 일이지, 혹시 마마께서 보시기라도 하면 어쩌려고."

"죄송합니다. 제가 생각이 짧았습니다."

"됐네. 어서 가서 일 보게."

눈치를 보던 부용은 조심스럽게 나서서 인사를 했다. 검서관이라 불린 사내는 부용도 마땅찮은지 여전히 날이 선 목소리였다.

"너도 똑같다. 네 아비가 걱정하면 행실을 바로 할 일이지 어찌 나이가 들어도 하는 꼴이 어린아이와 같단 말이냐."

부용은 입술을 깨물며 관복의 꾸중을 참고 있었다.

"형님, 거기서 뭐하시오?"

역시 관복을 차려입은 사내 하나가 급히 뛰어가면서 인사를 건넸다. 부드러운 인상에 비해 목소리는 막걸리통 굴러가는 것처럼 탁하고 거칠어서 묘한 불협화음을 이루고 있었다.

"자네야말로 어디 가나?"

막걸리통은 엄지손가락을 들어 보였다.

"찾으신다잖소. 나 참 바빠 죽겠는데…."

"어허, 이 사람 무엄하게 그게 뭔가, 그게!"

막걸리통은 관복의 타박도 그리 괘념치 않는 눈치

여성이 똑똑한 건 죄?
여성들은 세금을 내지 않았다. 좋았겠다고? 세금을 내지 않았다는 건 국가의 구성원으로 인정받지 못했다는 이야기. 국가에 대한 의무가 없었으므로 권리도 없었다. 따라서 과거를 통한 사회 진출도 당연히 불가능했다. 그러니 능력이 있어도 고달팠다. 허난설헌의 경우 남편보다 뛰어난 글재주가 남편의 열등감을 자극하여 불행한 결혼 생활을 했다. 힘들다, 힘들어.

였다.

"형님은 맨날 칭찬받는 사람이니까 열심히 받들고 사시오. 나는 매양 혼나는 게 일이니 그냥 그렇게 부르고 살라우."

말을 마친 막걸리통은 정말 혼나러 가는 사람처럼 뒤도 안 돌아보고 자기 갈 길로 갔다. 관복은 혼잣말처럼 중얼거렸다.

"재주가 많은 사람이니 더 권면하게 하시려는 거지. 알면서 그러는군."

잠시 김홍도 부녀를 잊고 있던 관복의 목소리가 다시 높아졌다.

"아직 여기 있는가?"

"말씀을 다 마치시지 않은 것 같아서…."

"더 할 말 없네."

김홍도는 고개를 숙여 예를 표하고는 자리를 떴다. 그 와중에도 부용에게 던진 시선 한 가닥. 아, 서늘하다.

부용도 고개를 조아렸다. 관복은 여전히 부용이 못마땅한지 마른기침을 한 번 크게 하고는 발걸음을 옮겼다.

"김양, 어째 부녀간 대화가 좀 거시기하네?"

부용은 노빈손이 무슨 말을 하려는지 알고 있었다.

"나를 위로할 생각이라면 괜찮아. 그리고 우리 아버지 얘기는 꺼내지 않기."

"그리고 저 아저씨는 왜 김양을 구박하셔?"

"누구? 아! 박제가 어른?"

헉! 박제가! 오! 내가 『북학의』를 지은 그 유명한 분을 만나다니. 노빈손은 꿈을 꾸고 있는 것 같았다.

『북학의(北學議)』
조선 후기의 실학자인 박제가가 청나라의 풍속과 제도를 시찰하고 돌아와서 쓴 기행문. 박제가는 나라가 강해지고 백성을 잘살게 하기 위해서는 선진국인 청나라의 문물을 받아들여야 한다는 북학론을 주장하면서, 먼저 우리의 생활 주변에서 필요한 것부터 배우고 개선해야 한다고 하였다.

시간 여행이 처음도 아니고 유명하다는 사람도 제법 만나 봤지만 이번처럼 놀란 적은 없었다. 이거 완전히 국사 책에 들어온 기분이네.

"나쁘게 생각하지 마. 저 어르신 속마음은 말씀하시는 거와는 많이 다르니까."

"그래도 그렇지. 왜 사람을 윽박지르고 난리야."

이어진 부용의 대답은 충격적이었다.

"우리 아버지보다는 나아. 속이 깊은 분이야."

세상에. 자기 아버지보다 낫다니. 도대체 이 부녀, 어디서부터 잘못된 것일까.

"그럼 막걸리통은 또 누구야?"

"막걸리통?"

되묻던 부용은 깔깔 웃었다. 대답을 들은 노빈손은 그만 뒤로 넘어갈 뻔했다. 부용의 입에서 나온 이름은 실학의 대가, 정약용이었던 것이다.

이제는 말할 수 있다

– 사도세자 비극의 비밀과 **붕당 정치**

때는 1762년 윤 5월 삼복더위가 한창이던 여름.

조선의 왕세자가 뒤주 속에 갇혔다. 그리고 여드레 만에 죽었다.

누가 왕의 후계자인 세자를 뒤주(쌀통) 속에 갇혀 죽게 했을까?

범인은 놀랍게도 세자의 아버지인 영조.

그러나 세자를 죽인 진짜 범인은 200년간 제 기능을 다하고

이제는 껍데기만 남은 붕당 정치라는 괴물이었다.

붕당이란?

붕+당이 붕당이다. '붕'은 벗 붕朋, 즉 같은 선생님 밑에서 함께 공부한 친구를 뜻한다. 똑같은 것을 배웠으니 학문에 대한 생각이 같고, 조선시대에 학문에 대한 생각이 같다는 것은 곧 정치적인 생각도 비슷하다는 것을 뜻한다. 당은 무

리 당黨, 이익을 함께하는 집단을 일컫는 것이다.

정리하면, 붕당 정치란 정치적 입장과 추구하는 이익이 비슷한 사람들끼리 모여 당을 이루고 임금의 신임을 얻어 나라의 정치를 주도하는 정치 형태를 말한다.

붕당은 언제 생겨나고 어떤 기능을 했을까?

붕당이 처음 생긴 것은 조선 선조(임진왜란이 일어났을 당시의 임금) 때의 일이다. 이조(오늘날의 행정자치부)에 전랑이라는 관직이 있었는데 마침 이 자리가 비게 되었다. 이조전랑은 높은 벼슬은 아니었지만 관리를 임명할 수 있는 인사권을 쥐고 있는 자리였다. 왕 다음 최고의 권위를 가지고 있던 의정부에서도 이조전랑의 권한은 함부로 넘보질 못했다.

이렇게 중요한 역할을 하는 이조전랑에게는 한 가지 특권이 더 있었다. 그것은 바로 자기가 그만둘 때 자기 다음에 올 관리를 추천할 수 있는 권한이었다. 여기에서부터 문제가 시작되었다.

추천 후보는 김효원이었다. 그러나 심의겸이 김효원은 아부를 잘하는 사람이라는 이유로 거부했다. 그럼에도 간신히 김효원은 전랑 자리에 오르게 되었다. 드디어 김효원이 후임자를 추천할 차례가 되었다. 후보로 심충겸이란 사람이 올라왔다. 이번에는 김효원이 거부했다. 심충겸은 과거에 자신을 힘들게 했던 심의겸의 동생이기 때문이었다. 관리들과 선비들은 자연스레 두 쪽으로 갈라졌다.

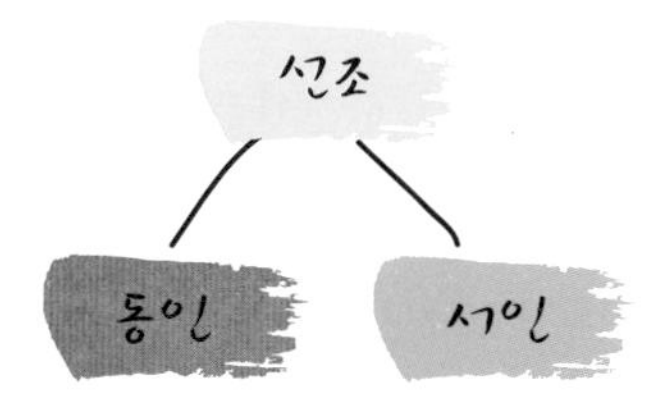

서울의 동쪽인 건천동에 살았던 김효원 쪽을 동인, 서쪽인 정릉방에 살았던 심의겸 쪽을 서인이라고 불렀다.

그 이후 서인에 대한 입장 차이로 동인은 또다시 남인과 북인으로 갈라지게 되었다. 북인은 특히 광해군의 신임을 얻어 활발하게 정치를 했지만, 광해군이 서인 세력에 의해 왕위에서 쫓겨나게 되면서 북인도 함께 몰락하였다.

서인은 광해군을 몰아내고 새로운 임금으로 인조를 세웠다. 이 사건을 인조반정이라고 한다. 당연히 서인이 주도권을 잡게 되었고, 남인은 2인자가 되었다. 서인이 남인보다 우세하기는 했지만 이들은 기본적으로 서로를 존중했고, 토론을 통해 국가의 중요한 정책들을 결정하였다.

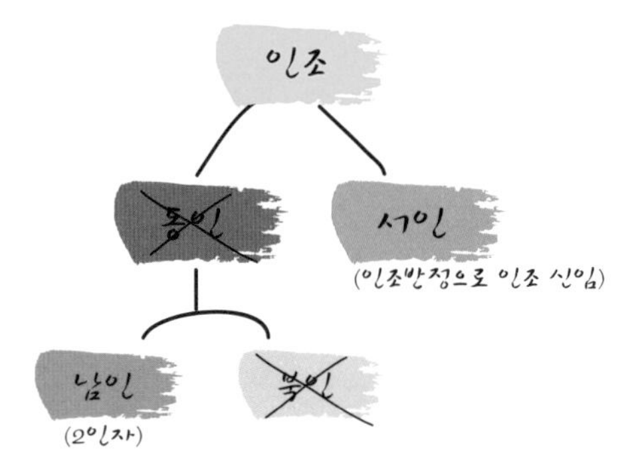

그러나 현종 때, 예송 논쟁이 발생하면서 서인과 남인의 관계는 급격하게 나빠지게 되었다. 예송 논쟁은 효종의 계모인 자의대비에게 상복을 몇 년 입힐 것인가에 관한 문제로 효종이 죽고 난 다음 한 번, 효종의 부인인 효종비가 죽고 난 다음 또 한 번이 일어났다. 이것은 단순한 옷차림의 문제가 아니라 효종의 왕위 계승이 정당했는가에 관한 문제이기도 했다. 두 차례 일어난 예송 논쟁에서 첫 번째에는 서인이, 두 번째에서는 남인의 의견이 채택되면서 드디어 남인이 권력을 쥘 수 있게 되었다. 힘을 합쳐도 모자랄 판에 서인은 또다시 송시열을 중심으로 하는 노론과 윤증을 중심으로 하는 소론으로 갈라지게 되었다.

현종의 뒤를 이은 숙종 때에 이르러 붕당 정치는 최악의 상태에 이르게 되었다. 정권을 잡지 못한 반대편 당의 사람들은 목숨을 잃게 되는 등 당파 간의 싸움이 격렬해졌다.

그런데 붕당 정치랑 사도세자가 무슨 상관?

숙종의 뒤를 이어 왕위에 오른 경종은 왕위를 물려줄 아들도 없이 죽고 말았다. 가장 유력한 왕위 계승 후보자는 뒷날 영조가 되는 연잉군(왕자들은 뒤에 '군' 자가 붙는다)이었다. 그러나 쉽지는 않았다.

영조의 어머니는 궁중 무수리 출신으로 지체가 매우 낮았다. 게다가 영조가 왕위에 오르기 위해 경종을 독살했다는 소문도 파다했다. 이런 가운데 영조가 임금이 될 수 있도록 밀어 준 이들이 바로 노론 세력이었다.

영조의 아들인 사도세자가 노론 세력의 우두머리인 홍봉한의 딸과 결혼을 하게 된 것은 우연이 아니었다. 영조와 노론 사이의 동맹의 결과였던 것이다. 그러나 사도세자는 소론 세력과 손을 잡고 노론을 비판했다.

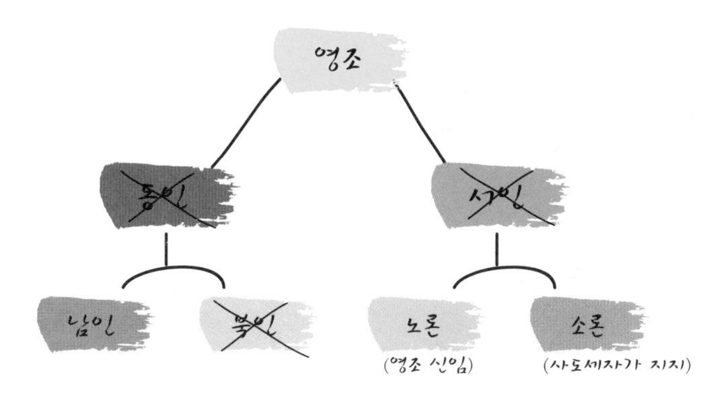

노론은 사도세자에 대해 영조에게 나쁜 말들을 고해바쳤고, 영조는 그럴 때마

다 사도세자를 호되게 나무랐다. 스트레스가 많이 쌓인 사도세자는 영조가 싫어하는 궁궐 밖 나들이를 하기도 하고, 우발적으로 궁녀를 죽이기에 이른다.

이때 나경언이라는 사람이 사도세자의 잘못 열 가지를 적어 영조에게 상소를 올렸다. 이것이 영조의 분노를 자극했다. 결국 영조는 정치적 입장을 달리 했던 아들 사도세자를 뒤주 속에 가두도록 했다.

사도세자가 사정을 하고, 나중에 정조가 될 손자가 사정했지만 소용이 없었다. 영조는 뒤주의 뚜껑을 닫고 자물쇠를 채우게 했다. 그리고 8일 만에 사도세자가 죽고 말았다. 우연의 일치인지는 몰라도 정조의 화성 행차 기간도 8일이었다. 어쩌면 그 8일은 미리 계산된 것은 아니었을까? 어쨌든 붕당의 세력 다툼 끝에 다음 왕위를 이을 세자는 희생당하고 말았다.

영조와 정조는 붕당 정치의 문제점을 해결하기 위해 탕평책을 실시하였다. 탕평책이란 당에 상관없이 인재를 등용하는 것으로 붕당 정치로 약해진 왕권을 회복하기 위한 방법이었다. 그러나 붕당 정치의 문제점을 채 해결하기도 전에 정조는 의문의 죽음을 맞게 된다.

2장

기묘한 사나이, 홍모

어둠이 깔리는 육조 거리. 하루를 마감하는 상인들의 바쁜 움직임 사이로 두 명의 사내가 걸음을 재촉하고 있었다. 한 사람은 장대처럼 큰 키에 마른 몸이었고 또 한 사람은 짜리몽땅한 것이 상대편의 어깨에나 미칠까 싶은 작은 체구였다.

피맛골 입구에서 걸음을 멈춘 둘은 조심스럽게 주위를 살폈다. 병정놀이를 하는 코흘리개 몇몇이 나무 작대기를 흔들며 그 옆을 지나쳤을 뿐 두 사람을 눈여겨보는 사람은 없었다.

눈짓을 주고받은 둘은 서둘러 골목 안으로 들어섰다. 여러 차례 뒤를 힐끔거리다 막다른 골목 끝에 있는 집에서 발걸음을 멈췄다. 집 안에서는 희미한 불빛이 새어 나오고 있었다.

피맛골
서울특별시 종로구 종로에 있는 조선시대의 골목길. 서민들이 고관들의 말을 피해 다니던 길이라는 뜻의 피마(避馬)에서 유래하였다. 당시 신분이 낮은 사람들은 종로를 지나다 말을 탄 고관들을 만나면 행차가 끝날 때까지 엎드려 있어야 했기 때문에 좁은 골목길로 피해 다니는 풍습이 생겼는데, 피맛골은 이때 붙여진 이름이다.

키 큰 사내가 천천히 문을 두드렸다. 두드리는 간격이 일정한 것으로 보아 미리 정해 둔 암호인 듯싶었다. 잠시 후 집안에서 늙은 종복 하나가 빼꼼히 고개를 내밀었다.

"장동에서 왔네."

종복은 아무 대꾸 없이 문을 열고는 한쪽으로 공손히 물러섰다.

사랑채에서 낮은 목소리가 흘러나왔다.

"손님이 오셨는가?"

"어험."

작은 사내가 헛기침으로 대답을 대신했다.

"들여라."

종복은 사내 둘을 사랑채로 안내하고는 조용히 문을 걸어 잠갔다. 옆집인지 아이 칭얼대는 소리가 들렸다.

"잘들 하는 짓일세."

방 안에 있던 사내가 던진 첫마디였다. 백발에 꼬챙이처럼 마른 노인이었지만 어딘지 모르게 사람을 압도하는 기운이 느껴졌다.

"무작정 궁궐로 칼을 앞세워 들어가다니. 겨우 검계(조선시대의 폭력 조직) 출신 왈짜(검계 조직원들이 스스로를 일컫던 말) 나부랭이로 도모할 일이 아닌 것을 몰랐단 말인가?"

이어지는 질타에 방문객들은 어쩔 줄 몰라하며 얼굴을 붉혔다. 키 작은 사내가 조심스럽게 입을 열었다.

"그쯤은 식은 죽 먹기라고 하기에…."

"뭐가 어째?"

열통이 터지는지 노인은 옆에 놓인 목침을 움켜쥐었다. 키 큰 사내가 황급히 만류했다.

"고정하십시오, 대감. 혹시 전홍문이 배후를 불기라도 할까 봐 그동안 잠을 제대로 못 자서 저렇습니다."

노인은 가슴을 쳤다.

"그게 벌써 언젯적 일인데. 에잇, 저런 콩알만한 배포로 뭘 하겠다고. 내 피붙이란 게 부끄럽다."

육조 거리가 어디지?
지금의 광화문 대로. 태조 이성계가 한양을 건설할 때 너비 58자(17미터 정도) 규모로 뚫은 대로로서, 정부 관서인 6조와 오늘날의 서울 시청에 해당하는 한성부 등의 주요 관아가 길 양쪽에 있다 하여 '육조 앞' 또는 '육조 거리'라 불렸다.

키 작은 사내는 고개를 푹 숙인 채 노인의 질타를 고스란히 듣고 있었다. 키 큰 사내가 덧붙였다.

"그런데 오랫동안 너무 조용합니다. 난리를 치면서 배후를 대라고 해도 시원찮을 판에 그냥 의금부로 넘겨 버리고는 감감무소식이군요."

노인은 관심 없다는 듯 무심하게 말했다.

"전홍문을 짜 봐야 어차피 나올 것이 없고 아마 더 큰 것을 기다리고 있을 게야."

"허면?"

문득 바깥에서 인기척이 들렸다.

"들어오게."

문이 열리면서 갓을 깊이 눌러 쓴 남자가 방으로 들어섰다. 여자처럼 곱상한 얼굴에 유독 치켜 올라간 눈매가 인상적인 사내였다.

"자네들에게 맡겨서는 내가 내 명에 못 죽을 것 같아. 그래서 새로 데려온 인물일세."

노인의 소개에 먼저 와 있던 사내들의 얼굴빛이 변했다. 무능해서 선수를 갈아치운다니…. 키 큰 사내가 노골적으로 불만을 드러냈다.

"대감, 저희와 한마디 상의도 없이 다른 사람을 들이시다니요."

"상의는 무슨. 뭘 하는 게 있어야 상의를 하지."

주변의 반응을 지켜보던 갓 쓴 사내가 슬쩍 대화에 끼어들었다.

궁궐 도둑 잡는 순감군

순청감군의 줄임말로 밤중에 도성과 궁궐을 돌며 위험 상황을 대비하였다. 순감군의 대장은 순장이라고 하였으며 순청의 군사들과 내금위, 충의위의 군사들과 섞여 있었다. 사실상 궁궐 안에서 난이 일어나는 경우가 별로 없어 하는 일은 주로 도둑 잡기나 꺼진 불씨도 다시 찾아보는 것이었다. 정조 때에는 전홍문 덕분에 아주아주 오랜만에 실력 발휘한 경우!

"혹시 삼급수라고 들어 보셨소?"

"글쎄올시다…."

"칼로 죽이는 것을 대급수, 약으로 죽이는 것을 소급수, 그리고 명분을 앞세워 내치는 것을 평지수라고 하지요."

둘은 뜬구름 잡는 것 같은 문답에 어리둥절한 표정이었다.

"화성 행차가 얼마 남지 않았지요?"

그제야 그들은 갓 쓴 사내가 하는 말을 알아차릴 수 있었다.

"그렇다면?"

"궁 안으로 들어가 무슨 승산이 있겠소. 임금이 궁에서 나설 때, 그때 칠 것이오. 삼급수로 말이오."

대놓고 임금의 목숨을 노리겠다는 소리에 두 사내의 얼굴이 허옇게 질렸다. 키 큰 사내가 마른침을 꿀꺽 삼켰다.

"그럼 우리가 할 일은 무엇이오?"

갓 쓴 사내가 빙그레 웃었다.

"일단 노량진에 가서 배를 여러 척 가진 선주들을 찾아보시오. 그들 중 조정에 반감을 가진 자들이 한둘은 있을 것이오."

"난데없이 선주들은 왜?"

"거기까지. 섭외하면 그때 알려드리겠소."

말을 마친 갓 쓴 사내는 동의를 구하듯 노인을 바라보곤 갓을 벗었다.

"인사가 늦었소. 나는 홍묘라고 하오. 물론 세상에는 없는 이름이니 그렇게만 알고 계시오."

여전히 떨떠름한 표정으로 키 큰 사내가 인사를 받았다. 키 작은 사내는 낯선 이름을 외우느라 입을 오물거렸다.

노인이 버럭 소리를 질렀다.

"세상에 없는 이름이라잖아."

키 작은 사내는 이해가 안 간다는 듯 물었다.

"없는 이름을 뭣 하러 가르쳐 줍니까?"

노인은 뒷목을 붙잡고 쓰러졌다.

"아이구 속 터져. 저거 빨리 내보내."

노인이 혈압을 끌어내리느라 숨을 몰아쉬는 사이, 홍묘라고 자신을 소개한 남자는 야릇한 미소를 띠고 키 작은 사내를 바라보았다.

전철이 없던 한양에는 배가 다녔다

지금의 한강에서는 유람선이나 오리 보트밖에 탈 수 없지만 조선시대까지 한강은 중요한 교통로로 이용되었다. 지명에 물가 포(浦)나 나루 진(津)이 붙어 있는 것은 옛날에 그곳이 배를 타고 강을 건널 수 있는 나루터였음을 알려주는 것이다. 예를 들자면 마포, 영등포, 노량진 등이 바로 나루터 역할을 해주었던 곳이다.

정약용의 제자가 된 노빈손

“아이구, 삭신이야. 노는 것도 생각보다 힘드네.”

노빈손은 하루치 고린내가 배인 양말을 벗으며 입이 찢어져라 하품을 했다. 부용이와 쏘다니느라 하루가 어떻게 갔는지 모를 지경이었다. 가끔 여덟 글자짜리 책에 대한 생각이 떠오르기도 했지만, 이 편안한 순간을 놓치기가 싫었다. 그동안의 모험에 비한다면 지금은 완전 관광이었다. 더구나 규장각은 노빈손에게 놀이터이자 숙소였다. 가끔 늦게까지 남아 있는 관리들이 있을 때면 밤이슬을 맞으며 처마 밑에 쪼그려 앉아 있어야 했지만.

“얘는 집에 갔다 금방 온다더니 왜 소식이 없어?”

저녁 무렵 헤어졌다가 밤에 규장각으로 부용이가 찾아오기로 했던 것이다.

“짜짜잔!”

요란하게 등장한 부용이 간식으로 가지고 온 것은 김치 부침개와 삶은 고구마였다. 막 쪄 가지고 왔는지 모락모락 김이 나는 고구마는 조금 전 배가 터져라 밀어 넣은 저녁 식사를 깜빡 잊게 만들 정도로 유혹적이었다.

“오예! 스윗 포테이토! ”

부용은 눈을 흘겼다.

조선 공무원들의 근무 시간
과거에도 붙고 좀 편히 살 만도 하건만 조선 관리들의 삶은 그렇지도 않았다. 보통 때에는 묘시, 즉 오전 5시에서 7시 사이에 출근한다. 겨울에는 좀 낫다. 겨울에는 7시에서 9시 사이에 한다. 퇴근은 보통 때엔 오후 5시에서 7시 사이, 겨울에는 오후 3시에서 5시 사이에 한다. 겨울철이 아닐 때는 12시간에 육박하는 근무를 했던 것이다. 어휴~!

"넌 가끔 이상한 말을 하더라. 스윗 포테이토가 뭐니?"

"고그마라 뜨시야. 퍼떼이또는 감자."

입 안에 꽉 찬 고구마 때문에 발음이 엉망이었다.

"중국 말은 아닌 것 같고. 서양 말?"

"서양 말도 알아?"

부용은 샐쭉한 표정으로 대꾸했다.

"얘가 사람을 어떻게 보고. 청나라로 공부하러 갔다 오신 선비님들은 가끔 이상한 물건을 가지고 다니고 말도 생전 처음 듣는 말을 하곤 하시거든."

"김양은 공부하러 다니는 게 부럽니?"

"당연하지. 공부를 맘 놓고 할 수 있다면 얼마나 좋을까?"

부용은 정말 그러고 싶다는 듯 한숨을 푹 내쉬었다.

아, 나는 공부라면 정말 지긋지긋한데 나와 부용이의 처지를 바꿔 주면 얼마나 좋을까. 머리가 좋은 애니까 수능 시험에서 수석은 몰라도 차석은 떼어 논 당상인데.

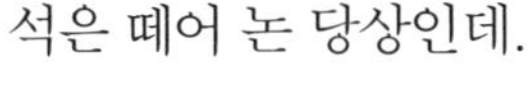

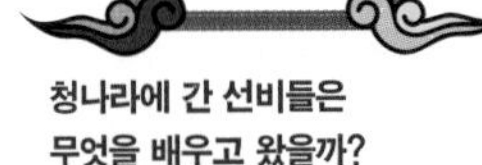

청나라에 간 선비들은 무엇을 배우고 왔을까?
병자호란의 치욕을 당한 이후, 조선에서는 오랑캐인 청나라의 문물을 배척하였다. 그러나 영·정조대의 일부 학자들은 청나라의 문물이 선진 문화임을 인정하고 받아들이자는 주장을 펴며 학문의 발전과 변화를 가져왔다. 이때 천문학 책, 지구의 등이 청나라를 통해서 조선에 들어왔다.

컥!

갑자기 노빈손이 목을 잡고 바닥을 굴렀다. 급하게 밀어 넣은 고구마가 식도에 걸린 모양이었다.

"어머, 이걸 어째!"

부용은 어쩔 줄 몰라 손을 모아 쥐고 동동 발을 굴렀다. 순간 누군가 달려와 파랗게 질린 노빈손을 번쩍 들어올렸다. 부용은 소스라치게 놀라 손으로 입을 막았다. 노빈손을 붙들고 있는 사람은 정약용이었다.

"에잇! 곰 같은 놈."

한심하다는 듯 한마디를 던진 정약용은 노빈손의 배에 깍지를 끼어 두른 뒤 들었다 놨다를 반복했다.

"푸헥!"

어린애 주먹 크기만한 고구마 덩어리가 노빈손의 입에서 튀어나왔다.

"휴우."

겨우 숨이 돌아온 노빈손은 큰 대자로 뻗어서는 가쁜 숨을 몰아쉬었다. 부용은 애써 정약용의 눈길을 피하며 고개를 숙이고 있었다.

"가만, 너는 김홍도의 여식이 아니냐."

정약용이 부용을 알아보았다.

"그렇습니다."

"아직도 규장각에 무단출입 중이냐. 네 아비와 그렇게 부딪치고도?"

"나리께서도 알고 계셨습니까?"

정약용은 대답 없이 대뜸 부용이가 싸 온 고구마를 집어 입 안에 넣었다.

"음… 고구마 좋지. 이건 사실 박제가 형님이 좋아하는 건데…."

하나를 맛있게 먹은 정약용은 두 개째를 집어 들면서 중얼거렸다.

"고구마… 구황작물로는 아주 제격이지. 일본 동경에서는 이걸 구워서 판다고 하더군. 조엄이라는 친

조선시대에도 신문이?
옛날에도 조보(조정의 소식)라 하여 매일 오전에 신문을 발행했다. 기록에 남아 있는 것은 중종 때부터인데 발행처는 승정원이었다. 당시 왕명의 출납을 담당하는 관청이었는데 오늘날의 대통령 비서실과 비슷한 곳이라고 보면 되겠다. 재미있는 것은 무료가 아니라 유료였다는 사실.

구가 대마도에서 종자를 구해다 재배했다고 하던데 별 성과가 없었나 보더라고. 『농정전서』를 보고 고구마를 알게 된 이광려가 그보다는 한 수 위지. 근데 진짜 전문가는 서유구야. 그 친구 한참 연구하는 거 보니 재배법에 대한 책이 나올 때가 됐는데, 어찌 됐나 궁금하네. 박제가 형님? 그 양반이야 먹는 거만 좋아하지 실제로는 하는 게 없어요. 하여간 말만 앞서 가지고는."

노빈손은 정약용이 하는 모양을 신기한 듯 보고만 있었다. 이상한 사람이네. 혼자 묻고 대답하고 그런 게 취미인가 봐. 꾸역꾸역 고구마를 밀어 넣던 정약용은 문득 생각난 듯 둘에게 물었다.

"너희들이냐? 규장각에 밤마다 들어와 공부를 핑계로 연애질한다는

놈들이?"

"연애질이요?"

노빈손과 부용은 당황해서 서로 쳐다보았다. 부용은 말을 흐렸다.

"그런 건 아니구요. 정말로 책을 보러…."

"아아, 다 들었어. 누가 그러더라고. 밤에 규장각에서 재롱 떠는 애들이 있는데 아주 가관이라고."

정약용의 시선이 노빈손을 아래위로 훑었다. 잰 척하지 않고 파격적인 행동으로 일관하는 정약용이지만 눈빛은 날카로웠다.

"네 놈이지. 건방지게 시 쓴단 놈이?"

아마 안경 쓴 아저씨가 귀띔을 한 모양이었다.

"네. 시라고 하기에는 뭣하지만…."

"한번 읊어 봐. 전에 한 거 말고 새 걸로."

으, 이건 또 웬 황당한 시츄에이션이냐. 난감해진 노빈손은 뒷머리를 긁적거렸다.

"뭐해?"

"아, 예. 지어 놓은 것이 없어서 지금 생각하는 중입니다요."

"어쭈, 이 자리에서 바로 짓겠다? 이놈이 오늘 나에게 경쟁의식 유발시키네. 좋아. 열 셀 동안 첫 구가 나오지 않으면 혼날 줄 알아라."

이런!

정약용이 보채자 머릿속은 더욱 흐릿해지고 등줄

정조의 젊은 피, 초계문신
정조는 즉위 후 왕권을 강화시키기 위하여 젊고 재능 있는 관리들을 선발하여 규장각에서 특별 교육을 시켰는데 이들을 '초계문신'이라고 한다. 정조는 가끔씩 직접 수업을 하거나 시험도 보게 하고 채점까지 하기도 했단다. 그리고 시험을 잘 보면 보너스로 책도 주고 술도 주고, 히히. 정약용, 이가환, 서유구 등이 대표적인 초계문신이다.

기에는 식은땀이 흘렀다. 긴장한 노빈손의 입에서 얼떨결에 탄식 한마디가 튀어나왔다.

"엄마야…."

"출발 좋네. 엄마야…."

정약용은 다음 구절을 기다리는 듯 몸을 양옆으로 흔들며 장단을 맞췄다.

"네? 아니 그게 아니고…."

설상가상이라더니, 이런 상황을 말하는 거였구나. 코너에 몰린 노빈손의 머릿속에 반짝 불이 들어왔다. 그렇지! 엄마야로 시작하는 시가 있었지. 자신의 순발력에 스스로 감탄하면서 노빈손은 천천히 김소월 시인의 시를 읊어 나가기 시작했다.

엄마야 누나야 강변 살자
뜰에는 반짝이는 금모래빛
뒷문 밖에는 갈잎의 노래
엄마야 누나야 강변 살자

엄마야 누나야
김소월이 1922년 1월 『개벽』 19호에 발표한 시로서, 서정적이고 아름다운 문장이 많은 사랑을 받고 있다.

낭송을 마친 노빈손은 정약용의 반응을 기다렸다. 갑자기 정약용이 버럭 소리를 질렀다.

"이걸 지금 막 생각해서 지었다고?"

노빈손은 기어 들어가는 목소리로 대답했다.

"네…."

정약용은 무릎을 치며 탄복했다.

"음, 대단한 재능이야 대구도 좋고. 뜰에는 반짝이는 금모래빛, 뒷문 밖에는 갈잎의 노래. 마치 어릴 적 내 모습을 보는 것 같다. 너, 글은 어디서 배웠느냐?"

"배운 적은 없고 그냥…."

"아니 그럼 독학으로?"

정약용은 거의 뒤로 넘어가고 있었다.

"역시 안목이 있으시구나. 할 일이 태산인 사람에게 이 무슨 해괴한 명령인가 했더니…."

한참 고개를 끄덕이던 정약용은 서가 옆에 놓여 있던 보따리를 건넸다.

"옛다, 먹을 거다. 시험을 봐서 마음에 들면 주라고 하시더라. 미욱스럽게 먹다가 숨 넘어갈 게 뻔한 놈한테 먹을 걸 또 주기는 뭐하지만."

풀어 보니 고추전이었다. 안경 쓴 아저씨가 보내 준 것 같았다. 노빈손의 활약(?)으로 분위기는 화기애애해졌다. 부용이가 싹싹하게 정약용에게도 권했다.

"참지 어른도 좀 드시지요."

"아니다, 나는 바빠서 먹을 시간도 없단다."

그리곤 서가를 왔다 갔다 하면서 책을 넣었다 뺐다 하느라 정신이 없었다.

"정말 그렇게 바쁘세요?"

정약용은 쳐다보지도 않고 대꾸했다.

"그렇다니까. 하도 시키는 일이 많아서 직업을 바

고추는 언제 우리나라에 들어왔을까

고초, 번초, 왜초 등으로 불리는 고추는 중부아메리카가 원산지이다. 17세기 초엽에 전래된 식품으로 『지봉유설』엔 고추가 일본에서 전래되어 왜겨자라고 한다는 기록이 있다. 정확히는 중국에서 들어온 새로운 품종과 일본에서 들어온 품종, 그리고 우리나라에서 만들어낸 품종들이 서로 교류되어 오늘에 이르렀다고 할 수 있다.

꿀까 생각 중이야."

"누가 시키는데요?"

"임금님이지, 누구겠냐. 다리도 놔라, 책도 써라, 출장도 다녀와라, 농번기 대비해서 대책도 마련해라, 이거야 내 몸이 열 개라도 당해 내겠나."

"그래서 예전보다 백성들이 지금 편하게 살고 있잖아요."

노빈손의 뜻밖의 발언에 부용이가 의아하다는 표정을 지었다.

"하하, 국사 시간에 배웠지. 정조대왕 시대가 태평성대였다고."

부용은 도무지 알 수 없다는 듯이 고개를 갸우뚱하다가 뭔가 생각난 듯 노빈손의 옆구리를 찔렀다.

"참! 빈손아, 그거 여쭤 봐. 전에 니가 말한 책."

아하! 저 어른이라면 알 수도 있겠구나. 서광이 비치는 느낌이었다. 당장 돌아가지는 않더라도 돌아갈 수 있는 단서는 잡아야 했다. 기대감에 가득 차서 노빈손은 정약용에게 물었다.

"어르신, 혹시 원행을묘로 시작하는 책 아세요? 여덟 글자인데."

정약용은 별로 깊이 생각하지도 않고 대답했다.

"뒤에 네 글자가 혹시 정리의궤 아니냐?"

그렇지! 정리의궤!

캄캄한 방 안에 갑자기 햇살이 비치는 느낌이었다.

한데….

"미안하지만 아직 못 봤다. 원행은 임금님이 부모님이나 세자의 무덤을 다녀오는 것을 말하고 올해가 을묘년이니… 가만 있자, 그럼 혹시 화성 행차를 말

『원행을묘정리의궤』는 어떤 책?

하, 참~. 이런 거 미리 알려주면 안 되는데 말이야. 『원행을묘정리의궤』는 혜경궁 홍씨의 회갑연을 기록한 의궤이다. 의궤에 대해서는 아까 설명했는데 기억이 날랑가 모르겠네. 기억 안 나면 31쪽을…. 어쨌든 이 책이 있어야 노빈손이 돌아간다는 것! 더 이상은 말할 수 없다!

하는 것인가? 화성 행차를 정리한 책이라면 그걸 벌써 만들었을 리가 없지."

"화성이요?"

"그래. 지금 내가 하는 일 중에 하나가 화성 가는 길에 배다리를 놓는 작업이야. 아주 머리가 아파. 임금님이 화성에 가시는 건 알고 있지?"

부용이가 기다렸다는 듯이 대답했다.

"그럼요, 올해가 가장 큰 행차라는 것도요. 사실은요, 저도 그거 따라 가고 싶거든요."

"말도 안 되는 소리! 네가 무슨 구실로 따라가느냐?"

부용은 씁쓸하게 입술을 깨물었다.

서가를 뒤적거리던 정약용은 목이 뻐근한지 목덜미를 부여잡고 인상을 썼다.

"아이구, 또 땡기는구나."

"어디 안 좋으세요?"

"가끔 바늘로 찌르는 것처럼 목덜미가 아파. 잠도 잘 안 오고."

"오십견에 수면 장애군요."

노빈손의 말에 정약용은 고개를 돌렸다.

"오십견? 수면 장애? 그건 어느 의술 책에 나오는 거냐."

"의술 책은 아니구요, 제가 그냥 생각해 본 겁니다. 혹시 나리께선 주무실 때 높은 베개를 사용하지 않으

오십견이란 뭘까?

오십견은 어깨 부위가 노화나 부상 등으로 통증을 심하게 느끼며 움직이기 힘들어지는 것을 말한다. 주로 30대 이상부터 생기며, 특히 50대에서 잘 생긴다 하여 오십견이라 부른다. 하지만 최근 컴퓨터를 많이 하면서 20대에도 오십견이 온다. 6개월 내지 1년이 지나면 저절로 자연 치유되는 경우가 많다.

시나요?”

노빈손의 말에 정약용은 흠칫 놀랐다.

“그걸 네가 어찌 아느냐?”

정말 모르나? 이건 정말 지식도 아니고 상식인데?

“잠을 잘 때 보통은 정신적인 피로만 푸는 것으로 알고 있지만 사실은 척추를 쉬게 하는 것도 중요하거든요.”

한번 칭찬을 들은 뒤라 그런지 예전에 읽었던 인체에 대한 상식이 막힘 없이 흘러나왔다.

"인체를 지지하는 것은 결국 척추인데 인간은 두 발로 걷는 동물이다 보니 척추가 항상 무리를 하죠. 이 척추란 게 앞에서 볼 때와는 달리 옆에서 보면 곡선으로 휘어져 있거든요. 그건 힘을 분산시키는 완충 작용을 하기 위해서인데 척추를 쉬게 한다는 것은 이 곡선이 변형되지 않도록 유지시켜 준다는 말과 같구요."

노빈손의 설명에 정약용은 완전히 빠져든 듯했다.

"척추 중에서 목 부위가 제일 중요한데 하루 종일 목을 숙이고 있다가 잘 때도 높은 베개를 베면 여전히 피곤한 상태가 되죠."

"그래서?"

"그러니까 적당한 높이의 베개를 베면 피로가 풀리고 다음 날도 개운한 것은 당연한 이치 아니겠어요?"

"음, 척추가 휘어 있다. 그것 참 그럴듯한 설명이군. 너, 그거 말고 베개에 대해 더 연구해 본 건 없느냐?"

"뭐 연구랄 것까지는 없지만 베개는 통풍이 잘 되어야 좋거든요. 사람의 머리가 열을 발산하는 중요한 통로이기 때문에…."

정약용은 흥분이 되는지 갑자기 소리를 높였다.

"너, 이제 보니 시만 잘 짓는 게 아니라 의학에도 조예가 깊구나. 고침단명高枕短命과 두한족열頭寒足熱의 이치를 그리 쉽게 깨닫다니. 혹시 의학 공부도 혼자서 했느냐?"

노빈손은 얼떨결에 고개를 끄덕였다. 뭔 이야기가

고침단명, 두한족열

고침단명은 베개를 높이 베면 오래 살지 못한다는 뜻이다. 왜냐하면 베개가 높으면 잠을 편하게 잘 수 없기 때문이다. 두한족열은 발은 뜨겁게, 머리는 차갑게 하라는 뜻으로, 열이 아래에서부터 위로 올라가듯이 발이 더워지면 자연스럽게 온몸의 혈액순환과 신진대사가 원활하게 되어 피로 회복에도 좋다는 뜻이다.

이렇게 이상하게 풀려 나가냐. 졸지에 독학으로 작문과 의학을 공부한 청년이 되어 버렸네.

정약용은 결심이 선 듯 빈손의 어깨를 두 손으로 힘 있게 잡으며 말했다.

"안 되겠다. 너를 내 제자로 들여야겠다. 공부를 제대로 시켜서 내 뒤를 잇게 해야겠어."

"네?"

정약용의 난데없는 결론에 노빈손은 휘청! 쓰러질 뻔했다. 이건 아닌데. 반면 부용은 절반은 부러운 표정으로 절반은 존경의 눈빛으로 빈손을 쳐다보고 있었다.

주막에서 생긴 일

주모, 그녀는 누구인가?
주모들의 공통 헤어스타일, 머리를 땋는다. 한 바퀴를 휙 돌려서 틀어 올리고 마지막 포인트로 팥닢댕기라고 하는 짧은 빨간 댕기를 드린다. 주모에게는 '중노미'라고 하는 조수가 있는데 중노미는 안주를 굽는 일 외에도 공짜 안주를 먹는 사람을 감시하는 역할을 했다. 주모가 손님에게 술을 건네는 걸 수작이라고 했다. '수작 부리다'는 여기서 유래!

날이 어두워지고 있었다. 빗줄기가 오락가락하는 사이로 나뭇가지에 절반쯤 가려진 주막이 보였다. 왁자지껄 떠드는 소리와 막 부친 부침개 냄새가 섞여 귀갓길의 사람들을 유혹하고 있었다. 삿갓을 깊이 눌러 쓴 사내 하나가 주막 안으로 들어섰다.

"이리 오너라."

평상을 오가며 국과 안주를 나르던 주모는 힐끔 뒤를 돌아보고는 인상을 찌푸렸다.

'하여간 양반들이란. 그냥 어디 빈자리 가서 적당히 끼어 앉으면 그만이지, 귀찮게 오라 가라 하고 야단이야.'

생각은 그랬지만 얼굴에는 이미 눈웃음이 살랑거리고 있었다.

"무엇을 드릴깝쇼."

"방을 다오. 뒤로 돌아가면 구석진 방이 하나 있지 않은가."

주모는 난처한 표정을 지었다. 행색을 보니 국밥에 탁주나 한 병 올릴 것 같은 주제에 독방을 원하다니, 참 뻔뻔한 인간이다 싶었던 것이다. 사내는 주모가 원하는 것이 무엇인지 알았다.

"비님 오실 동안만 쉬었다 갈 것이고 밥값은 세 사람 먹은 것으로 쳐 줄 것이다."

주모는 묘하게 웃으며 말했다.

"다섯을 주면 그리하지요."

사내는 수락의 뜻으로 고개를 끄덕였다.

아궁이 불이 잘 오른 세 평 남짓한 방이었다. 눅눅한 황토 냄새가 코끝을 스쳤다. 삿갓을 벗은 사내는 방문을 마주 보고 앉았다. 날카로운 눈매가 그가 보통 사람이 아님을 알려주고 있었다. 평상에 앉아 떠드는 술꾼들의 목소리가 얇은 창호를 뚫고 방 안으로 들어왔다.

"소문 들었는가?"

"무슨 소문?"

"군대에서 반란이 날 거라고 하던데."

갑자기 목소리가 작아졌다.

삿갓은 자객들만 썼을까?
삿갓의 원래 용도가 햇빛이나 비를 피하기 위했던 것이었다면 자객들의 삿갓은 얼굴을 보이지 않게 하기 위해서였다. 같은 이유로 여자들 역시 자신의 얼굴이 남에게 노출되는 것을 피하기 위하여 삿갓을 썼다고 한다. 이 밖에 일반 선비나 승려들도 삿갓을 썼다.

"어허, 이 사람 목소리 낮추게. 큰일 나려고."

"큰일은 무슨! 다들 아는 얘기인데 겁먹기는."

다른 목소리가 끼어들었다.

"임금님을 물속에 빠뜨려 죽이려 한다는 소문도 있더군."

"나도 들었어."

"하긴, 임금님이 화성에 새 나라를 건설한다고 조정이며 군대며 다 바꾸고 있지 않은가. 자기들 권력이 날아가게 생겼는데 그대로 보고 있을 사람들이 아니지."

처음 말을 꺼낸 사내는 술기운 때문인지 다소 흥분한 것 같았다.

"솔직히 바뀔 때도 됐지. 터놓고 말해서 한양에서 담장깨나 높이고 사는 집 문패는 죄다 노론 명문가들일세."

"그거야 그렇지만…."

"어쨌거나 나는 임금님 하시는 일에 대찬성일세. 덕분에 우리 같은 백성들은 살기 편해지지 않았나."

"걱정이 돼서 그러지. 뭐든 급하게 바꾸려 하다 보면 탈이 나기 마련이야."

"우리 같은 무지렁이가 뭘 알겠는가. 그만들 하고 술이나 마시세. 주모, 여기 술 한 병 더 가져다 줘."

"이런, 흉흉한 소문이 돌고 있군."

밖에서 웅성대는 소리를 듣던 사내는 혼잣말처럼 중얼거렸다.

그때 약하게, 방문을 두드리는 소리가 들렸다. 사

노론이 득세했던 시절
조선 후기의 거대 당파 중 하나가 노론이다. 영조가 즉위한 뒤에 소론 4대신(유봉휘, 이광좌, 조태구, 최석항)을 비롯해 반대세력들을 많이 제거하였고, 소론이 주도하고 남인이 참여한 이인좌의 난을 평정한 뒤로 조정에서 확고한 위치를 차지하였다.

내는 본능적으로 긴장하며 허리춤에 손을 갖다 댄 채 방문 옆에 바짝 붙어 섰다. 소곤거리는 듯 작은 목소리가 문틈으로 스며들어왔다.

"한양 이 첨지 심부름으로 왔소."

사내는 방문을 열었다. 허름한 평상복 차림의 남자가 흘러내린 빗물을 소매로 닦아 내고 있었다. 김홍도였다.

"들어오시오."

방 안으로 들어온 김홍도와 사내는 가볍게 고개를 숙여 예를 취했다. 김홍도는 품에서 비단으로 싼 서찰을 꺼냈다. 사내는 두 손으로 공손하게 받았다.

"중요한 일이라고 하셨습니다. 잘 전해 주십시오."

"알겠습니다."

"가 보겠습니다."

대화는 그게 전부였다. 김홍도는 들어올 때처럼 조심스럽게 방을 나섰다. 사내는 말없이 목례로 마중을 대신했다.

김홍도가 돌아가고 사내는 누워서 곰곰이 생각에 잠겼다. 그러기를 한참, 바깥에서 신발 끄는 소리가 들려왔다. 주모가 국밥을 가지고 온 듯싶었다. 사내는 눈을 감은 채로 말했다.

"들이게."

스르륵 문 여는 소리가 들렸다. 방 안으로 누군가 들어선 것 같은데 이어지는 것은 작은 숨소리밖에 없었다. 낌새가 이상하다고 느낀 사내가 눈을 뜬 순간

첨지는 누굴 말하는 걸까?
'첨지'의 원래 뜻은 첨지중추부사로, 조선시대에 중추원에 속한 정3품 무관의 벼슬을 의미하였으나, 나중에 나이 많은 남자를 낮게 부르는 말로 바뀌어 쓰이게 되었다. '영감'이라는 말도 정3품과 종2품의 벼슬아치를 이르던 말이었지만, 지금은 나이 많은 남자를 부르는 말로 바뀌었다.

날카로운 쇳소리가 방 안을 뒤덮었다. 복면을 한 건장한 사내 셋이 칼을 든 채로 사내를 둘러싸고 있었다. 사내는 가슴을 부여잡은 채 방바닥을 굴렀다.

"으으으…."

어딘가를 깊이 베인 듯 사내는 가쁜 숨을 몰아쉬고 있었다.

"대체…뭐 하는 놈들이냐…?"

복면 중의 하나가 시큰둥하게 대답했다.

"알면 어쩌시게? 일러바치기라도 하시려고?"

나머지 둘이 킬킬 웃었다. 웃음을 그친 복면이 사내의 품 안을 뒤지더니 서찰을 꺼냈다. 사내는 빼앗기지 않으려고 발버둥 쳤지만 이미 손 끝에는 그럴 만한 힘이 남아 있지 않았다.

"이런 걸 가지고 다니니까 그 꼴이 나는 거다. 그럼 잘 가라."

복면의 사내는 칼을 높이 쳐들고 기분 나쁜 웃음을 웃었다.

다시 한 번 칼바람 소리가 방 안을 어지럽혔다.

승정전은 여전히 어두웠다. 정조의 목소리가 침묵을 깼다.

"잘 다녀왔느냐."

"하명대로 했사옵니다."

바닥에 납작 엎드린 것은 김홍도였다.

서찰은 누가 전달?

조선시대에 소식을 신속히 전하기 위해 사용된 대표적인 통신수단은 봉화와 파발이다. 횃불로 상황을 전하는 봉화는 신속하기는 했지만, 날씨가 좋지 않을 때에는 통신이 두절되었고 촌각을 다투지만 문서로 전할 수밖에 없는 경우에는 쓸모가 없었다. 파발은 말을 달려서 보다 신속히 전달하는 기발과 사람이 뛰어서 전달하는 보발로 나누어져 있었으며, 임진왜란이 끝날 무렵인 1597년(선조 30)부터 시행되었다.

"수고했다."

"황공하옵니다."

"저잣거리 소문이 어떻더냐."

"좋지 않습니다. 온통 흉흉한 것이 차마 말씀드릴 수가 없습니다."

김홍도의 대답에 정조는 한동안 말이 없었다. 모르는 듯 묻고 있었지만 정보에 빠른 정조가 소문을 놓칠 리 없었다. 서찰은 화성에 나가 있는 장용영 외영사 조심태에게 보낸 것이었다. 조심태는 정조가 가장 신뢰하는 무관이니 만큼 군대 개혁에 앞장선 인물이었다.

"소문이 그냥 생길 리가 없다."

"그렇습니다."

"참지를 불러라."

"정약용 어른 말씀입니까?"

"그래. 급히 들라 해. 그리고 자네도 당분간 행동 조심하게. 이제는 그들도 자네가 단순한 화원이 아니라는 사실을 알았을 거야."

"명심하겠습니다."

승정전을 나온 김홍도는 밤하늘을 올려다보았다. 남쪽 하늘에 외로운 별 하나가 위태롭게 흔들리고 있었다. 김홍도는 자신이 늙었다고 생각했다. 눈도 침침하고 쉽게 피로를 느꼈다. 스무 살을 갓 넘겨 도화원 최고의 화원이 되었고 영조와 정조의 초상화를 그리면서 천재 소리를 들었던 그다. 부와 명예를 누렸

정조는 자신이 정조인 줄 모른다?

조선시대 왕들은 생전에 임금님, 혹은 전하로 불렸다. 오늘날 우리가 알고 있는 정조라는 호칭은 죽은 뒤에 붙여진 묘호(廟號)이다. 묘호는 왕의 일생을 평가해서 정하며 종묘에서 불리는 이름이기도 하다. 묘호의 뒤에는 조(祖)와 종(宗)이 붙는데 공이 탁월한 왕에게는 조를, 덕이 출중한 왕에게는 종을 붙였다. 나중에 바뀌는 경우도 있었다. 선조는 원래 선종이었다. 그것을 허균 등이 주장하여 선조로 바꾼 것이다. 임진왜란 때 왜구를 물리친 공이 크다는 이유였다나 뭐라나.

지만 김홍도에게도 감추고 살아온 세월이 있었다.

김홍도는 정조의 비밀스런 심부름을 도맡아했으며 임금이 직접 눈으로 볼 수 없는 먼 지방의 사정을 그림으로 그려 올렸다. 사진이 없었을 당시이니 이를테면 왕의 전속 사진사였던 셈이다. 정조는 김홍도의 그림을 통해 백성들의 삶을 이해했고 수없이 올라오는 상소문 속의 진실을 가려낼 수 있었다. 그런 그가 자신을 위장할 수 있는 방법은 매일같이 술병을 끼고 사는 것이었다. 주정뱅이 화원을 눈여겨보는 사람은 없을 테니까.

고향으로 돌아가 쉬기를 간청하는 김홍도를 잡아 앉힌 것은 정조였다.

"이번 화성 행차만 마치고 가거라."

정조는 그렇게 말했고 김홍도는 거역할 수 없었다. 화성 행차를 그림에 담는 화원들을 총지휘하는 것이 외형상 그의 임무였다. 물론 정조의 비밀 임무를 수행하는 것이 그보다 우선이었지만. 마지막으로 목숨을 걸고 전하를 모시리라 다짐했지만 사정이 이토록 긴박할 줄은 몰랐다. 과연 내가 해낼 수 있을까.

상념에 잠겼던 김홍도는 걸음을 재촉했다. 참지 어른은 어디 계신 것일까.

뜻밖의 손님

늦은 저녁, 청운동 인근의 저택.

상다리가 휘어질 정도의 진수성찬이었지만 손을 대는 사람은 아무도 없었다. 저녁이라 술도 한잔씩 돌아갈 법한데 술병도 제자리를 지키고 있었다. 방 안에 앉아 있는 다섯 사람 중 표정이 밝은 사람은 아무도 없었다.

"이대로 가다가는 모두 끝이오."

누군가가 던진 말에 모두 공감하는 듯 말없이 고개만 끄덕였다.

"부하들 보기에 민망하오. 말은 안 해도 다들 앞으로 어떻게 될 것인지 걱정이 태산인 것 같소."

훈련도감의 대장인 이경무였다.

"얼마 전에는 내 부관 하나가 장용영 장수에게 모욕을 당한 모양이오. 마치 아랫것 다루듯 하더라는 말에 내 가슴이 다 미어졌소."

침통하게 말을 받은 이는 총융청의 총융사인 신대현이었다.

"수백 년을 이어온 조선의 핵심 군대를 일순간에 바꾸겠다니…."

말끝을 맺지 않은 이는 수어청의 수어사 심이지. 불만이라면 누구 못지 않았지만 할 말이 너무 많은 탓인지 입을 닫고 있는 것은 어영청의 대장 이한풍이었다. 대단한 자리였다. 조선의 병권을 장악하고 있는 5군영, 즉 훈련도감, 어영청, 금위영, 총융청 그리고 수어청의 우두머리가 한자리에 모인 것이다. 이들이 모인 것은 정조의 화성 행차를 앞두고 자신들의 처지와 앞날이 걱정되어서였다.

순식간에 방 안은 다섯 장군이 쏟아 내는 불만으로 가득 찼다. 그러면서도 누구 하나 속내를 확실하게

화원이 되기 위해서는?
조선시대에는 국가의 큰 행사를 그림으로도 기록해 두었는데 이때 활약하는 인물들이 김홍도와 같은 화원들이다. 화원도 엄연한 국가 공무원이기 때문에 화원이 되기 위해서는 그림 실기 시험을 거쳐야 한다. 대나무, 동물, 산수, 인물, 화초 중 두 가지를 선택해서 그리게 되는데 특히 대나무와 산수를 잘 그리는 사람들이 선발되었다고 한다.

털어놓지는 못하고 있었다.

"그러니 살 길을 찾아야지요."

대뜸 문 밖에서 들려온 목소리에 일시에 조용해졌다.

"웬 놈이냐?"

문이 드르륵 열리면서 한 사내가 대뜸 방 안으로 들어섰다.

"뭐하는 놈이냐? 감히 여기가 어디라고."

사내는 홍묘였다. 무표정한 얼굴로 방 안에 들어선 홍묘는 뒤에 누가 따라오는지 문 옆으로 물러섰다. 홍묘에 이어 방 안으로 들어서는 사람을 보고 다들 놀라지 않을 수 없었다.

"아니, 대감?"

"여길 어떻게…?"

병조판서 심환지였다. 심환지는 자리에서 일어서는 대장들을 만류하며 상석에 자리를 잡았다. 바로 피맛골에서 홍묘와 함께 있던 노인이었다.

"모여서 무슨 말들이 그리 많아. 앞에서는 제대로 입도 못 열면서."

타박 섞인 심환지의 말에 다들 인상을 찌푸렸다. 정조 앞에서는 싫다는 소리 한번 제대로 못하면서 뒷방에 모여 불평으로 술안주를 삼는 것을 꼬집는 것처럼 들렸다.

"오늘 회합이 있다는 이야기를 듣고 들렀네. 내가 병조판서이나 그대들의 사정을 모르는 바 아닐세. 더욱이 대장들이 모였을 때에는 필시 연유가 있을 터,

역모를 꾸미면 어디에서 잡아갈까?
어디선가 임금에게 무슨 일이 생기면 오라를 가지고 힘차게 달려가는 것이 의금부이다. 왕의 명령을 어기는 일에서부터 왕을 쫓아내버릴 역모를 꾸미는 일까지, 왕에 대한 조금의 반항기라도 보이면 어김없이 의금부가 가서 처절한 응징을 해 주었다. 이것을 교과서에서는 조금 유식한 말로 왕의 직속 사법 기관이라고 한다.

내 오늘 다 들어줌세."

"무슨 말씀을 하시는 건지. 저희는 그저 대사를 앞두고 저녁이나 먹자 하여 모인 것뿐입니다."

아무리 왕권에 반감을 가지고 있는 처지라 해도 대놓고 말하기에는 목숨이 왔다 갔다 하는 사안이다. 심환지는 피식 웃었다.

"이 사람들이 나를 바보로 아는가?"

"그럴 리가 있겠습니까, 대감."

"내 눈에는 그럴 리가 있어 보이네. 내 단도직입적으로 말하지."

심환지는 어지간해서는 자기 속내를 털어놓지 않는 사람으로 유명했다. 도대체 그 쪼글쪼글한 주름살 사이에서 무슨 생각이 오가는지 알 수 없는 인물이 그였다. 그런 심환지 대감이 단도직입적이라는 말까지 써가면서 도대체 무슨 얘기를 하려는 걸까. 다들 불안하면서도 궁금한 표정들이었다. 심환지는 소매에서 서찰 하나를 꺼냈다.

"장용영 외영사 조심태에게 주상이 보낸 것이네."

다들 놀라는 눈치였다. 심환지는 서찰을 훈련대장 이경무에게 건넸다.

"돌아가면서 읽어 보게나."

서찰을 돌려 읽은 대장들의 얼굴은 잿빛으로 변했다. 서찰은 아직 장용영의 힘이 약하여 5군영을 통솔하기가 어려우니 화성에서 군사 훈련 시범을 보이는 것을 계기로 5군영의 힘을 무력화시키고 본격적으로 장용영이 군부를 장악하라는 명령을 담고 있었던 것

병조판서는 오늘날의 국방부 장관
현재 한국에는 법무부, 통일부, 교육인적자원부 등 17개의 행정부서가 있다. 조선시대에는 이 · 호 · 예 · 병 · 형 · 공의 6개의 조가 있었다. 이조는 오늘날의 행정자치부의 역할을, 호조는 재정경제부의 역할을, 예조는 외교통상부의 역할을, 병조는 국방부의 역할을, 형조는 법무부, 공조는 건설교통부의 역할을 했다. 6조의 장관을 판서라고 한다.

이다.

"이걸 대감께서 어떻게?"

대장들은 서찰의 내용도 내용이지만 그걸 어떻게 심환지가 가지고 있는지가 궁금한 모양이었다. 심환지는 차갑게 웃었다.

"주상이 나 보라고 손수 건네줬겠나? 목숨 하나를 빼앗고 입수한 것이네."

임금이 내린 밀명을 목숨까지 빼앗으면서 가로챘다는 말에 대장들은 당혹스런 표정이 되었다. 저렇게 말해도 되는 것인가. 그것은 누가 봐도 반역이었다.

"어떻게 할 건가. 이대로 두고 보다가 짐을 쌀 것인가, 아니면 살 길을 찾을 것인가."

총융사인 신대현이 조심스럽게 입을 열었다.

"그럼 어쩌자는 말씀입니까, 대감."

심환지는 턱으로 홍묘를 가리켰다.

"이 사람이 앞으로의 계획을 이야기해 줄 걸세. 듣기 싫은 사람은 지금 이 자리에서 일어나도 좋네. 잡지 않을 것이야."

무거운 침묵이 흘렀다. 그러나 아무도 자리에서 일어나지 않았다. 순식간에 역모를 꾸미는 자리로 변해 버린 저녁 모임은 늦은 밤까지 이어졌다.

추적 24시

– 왕의 하루

4년 전, 당시 중학교 3학년인 노빈손. 보충수업에, 학원공부에 지친 무거운 몸으로 결국 침대에 쓰러지고 말았다. 눈에 눈물은 그렁그렁, '이럴 때 내가 왕이라면 얼마나 좋을까?' 라는 백 번 해도 소용없는 생각을 하며 그만 잠이 들고 말았다.

AM 5:00

"마마, 기침하실 시간이옵니다."

"…."

기침은 왜 하라는 거야. 졸려 죽겠는데.

"마마, 대비마마께 문안 드릴 시간이 한참 지났나이다. 어서 기침하시옵소서."

귀찮아, 귀찮아. 얼른 일어나고 보자. 엥? 여기 어디야? 우리 집이 아니네. 이 이불은 또 왜 이렇게 좋아? 다 비단인가 봐?

이불을 펄럭펄럭하고 있는 사이 저 멀리 있는 방문이 양쪽으로 드르륵 열리더니 사극에서나 보던 아줌마들이 들어온다.

"마마, 묘시(새벽 5시~7시)가 다 되었습니다. 대비마마께서 기다리고 계시옵니다. 서두르소서."

간곡하게 말하고 있지만 왠지 겁을 주고 있는 듯하다. 대령해 놓은 세숫물로 얼굴을 대강대강 씻고 입혀 주는 옷을 입었다. 아니! 이거 왕의 옷이잖아. 거 뭣이냐. 그거, 맞다! 곤룡포! 꿈은 이루어진다더니! 비록 공부는 못하지만 착하게 산 보람이 있었어.

중학생 노빈손은 룰루랄라를 외치며 상궁들의 뒤를 따라갔다.

AM 6:00

"상감마마 납시오~!"

내시의 말이 떨어지기가 무섭게 방문이 열린다. 캬~! 좋구나! 조금 졸립긴 하지만 이 정도쯤이야.

"어서 오세요, 주상. 오늘은 조금 늦으셨습니다."

어디선가 많이 들어 본 목소리이다. 어… 엄마야, 아니 엄마! 여기까지 오신 거예요? 성적표 때문에? 잔뜩 겁을 먹고 있는데 입 밖으로는 전혀 다른 말이 튀어나온다.

"송구스럽습니다. 어마마마, 밤사이 편안하셨는지요?"

"주상 덕분에 잘 잤습니다. 시장하시겠습니다. 어서 가 보세요."

우리 엄마가 대비마마라는 것도 믿기지 않지만 우리 엄마가 저런 말투를 구사할 수 있다니, 이쯤 되면 이건 꿈이야. 어차피 깰 꿈 한번 재밌게 놀아 보자. 아침 하나는 일찍 줘서 좋네.

AM 7:00

방문이 열렸다. 순간 고소한 밥 냄새가 콧구멍 속으로 사정없이 밀려들어 온다. 드디어 나의 진가를 발휘할 때가 온 것이로구나. 좋아! 이 반찬 오늘 내가 다 먹어 줄 것이야. 음하하하하! 하고 밥을 한 순갈 뜨려는 순간,

"마마, 아직 기미가 끝나지 않았사옵니다."

이건 또 무슨 소리야? 멍해 있는데 갑자기 내 밥을, 열두 첩의 반찬 하나하나를 나보다 상궁 아줌마들이 먼저 먹고 있다. 아니 이런 무엄한! 감히 왕인 나보다 먼저 내 밥을 먹어? 이건 용서 못 해! 해 뜨기 전부터 데리고 다니면서 고생을 시키더니! 폭발하기 일보 직전,

"마마, 젓수시옵소서."

헤헤. 그렇다면야. 좋아, 이번 한 번은 내가 봐 주겠다구!

상궁이 먼저 먹은 이유는 혹시 왕의 음식에 해로운 것이 들어 있을까 봐 미리 맛을 본 것이었다. 그것을 기미라고 한다.

밥도 먹었겠다. 배부르고 등도 따~뜻~하고, 이제 좀 쉬었으면 좋겠다.

풋, 어림없는 소리.

AM 8:00

또 방문이 열렸다. 아니, 웬 할아버지들이 이렇게 새벽부터 모여 계시지? 게다가 이 책들은 또 다 뭐야?

"마마, 어서 드시지요. 오늘은 『맹자』에 나오는 항심에 대해서 이야기해 보도록 하겠습니다…."

이건 또 뭐야? 경연? 임금이 공부하는 걸 경연이라고 한다구? 이렇게 깜깜한 새벽부터 공부하는 건 조강? 왕은 공부 안 해도 다 똑똑한 게 아니었어? 이렇게 일찍 일어나서 공부할 줄은 몰랐다구!

AM 10:00

왕의 진짜 일은 이제부터가 시작이다. 용상에 앉아 좀 으스대 보려고 했더니만 쉴 새 없이 상소가 빗발친다.

"마마, 경상 감사 노빈수 아뢰오. 최근 경상도 지역에 흉년이 들어…."

"마마, 전라 수군절도사 김말세 아뢰오…."

"경기 평택현의 선비 이결의 상소이옵니다…."

뭐라고 할지 막막하기만 한데 역시 꿈이라 그런지 대답도 술술 나온다. 뭐라고 했는지 기억은 안 나지만 이렇게 무사히 조회와 업무 보고를 모두 마쳤다.

AM 12:00

학교 다닐 때 같았으면 점심시간이다. 아침 같은 진수성찬은 아니지만 간단하게 점심이 나왔다. 아침 수준에 비하면 간식이다, 간식.

PM 2:00

이제는 주강이라고 또 공부 시간이란다. 아침에 하면 아침 조朝 조강, 낮에 하면 낮 주晝 주강, 저녁엔 저녁 석夕 석강이로군. 캬~! 아침에 공부 좀 했더니 똑똑해졌나 봐! 어쨌든 아침에 그만큼 했으면 됐지. 이건 정말 너무하는 거 아니야? 이래 가지고 어떻게 옥체를 보존하냔 말이다. 꾸벅꾸벅 졸다가 기어이 할아버지뻘 되는 신하한테 한소리 들었다.

PM 3:00

이번엔 평양 감사로 발령을 받아 떠나는 김 아무개에게 잘 가라는 인사를 해줄 차례다. 또 전주 목사를 지내다 이번에 한양으로 돌아온 임몽룡이 인사를 하러 왔기에 잘 받아주었다. 한 다섯 시쯤 모두 돌려보냈다. 돌아서기가 무섭게 오늘밤에 숙직할 신하들을 확인해야 했다. 정말 쉴 틈을 주지 않는다.

PM 6:00

해는 지지 않았지만 시간이 꽤 지났는데도 저녁 줄 생각은 않고 또 공부방에 집어넣는다. 이제는 석강이다. 어차피 한문이라 읽을 수도 없다. 한 글자 한 글자를 열심히 째려만 보다 보니 그럭저럭 끝났다.

PM 7:00

공부도 했는데 이제 저녁 안 주면 정말 가만히 있지 않을 거야. 날 저문 지가 언젠데 아직도 밥을 안 줘? 이쯤 해서 왕의 위엄을 한번 세워 봐?

서릿발 같은 호통을 치려고 하는 순간 밥상이 하나 둘씩 들어온다.

다른 건 몰라도 밥 먹을 때만큼은 왕이 정말 좋구나, 헤헤. 침이 줄줄 흐른다. 저녁도 푸짐하게 먹고 배도 부르니 소화도 시킬 겸 어마마마한테 문안드리러 가야겠군.

PM 10:00

아무리 왕이라지만 아직 청소년 노빈손인데 정말 너무한다. 평소 취침 시간을 한참 넘겼는데도 낮에 처리하지 못한 일을 처리해야 한다나? 에라 모르겠다. 어차피 꿈인데 깨면 그만이지. 시간만 때우면 남은 일은 내일 진짜 왕이 알아서 하겠지?

PM 11:00

야! 드디어 자러 간다! 밖에 나오니 밤하늘에 별이 총총하다. 내시와 상궁들이 안내를 해 주는데 어째 아침에 자고 일어났던 곳은 아닌 것 같다. 여기는 또 어디야? 건물이 하도 많으니…. 어떤 건물 앞에 도착하자 상궁이 건물 안에다 말을 전한다.

"중전마마, 상감마마 납시오."

중전마마? 그럼 내 부인? 왕비니까 얼마나 예쁘겠어? 중간에 깨지 않길 정말 잘했다, 잘했어! 에헴, 헛기침을 하고 방안으로 들어갔다. 다소곳하게 고개를 숙인 중전이 맞아 주었다.

"전하, 기다리고 있었사옵니다"라며 고개를 드는 순간!

나는 그 자리에서 기절을 하고 말았다.

중전의 얼굴은, 중전의 얼굴은….

이쯤 되면 노빈손 독자들은 다 알 것이다. 알아서 상상하시길~!

정약용의 고민

"하, 상황 난해하네."

터덜터덜 규장각으로 들어온 정약용은 한숨부터 내쉬었다. 노빈손과 부용은 무슨 일인가 싶어 정약용의 눈치를 살폈다.

"하, 그것 참…."

연신 탄식을 내뱉으면서도 정약용은 머릿속으로 정조가 자신을 불러서 한 이야기들을 곱씹고 있었다. 화성 행차를 두고 불길한 소문이 나돈다는 것은 정약용도 진작에 알고 있었다. 그러나 워낙 뜬구름 같은 이야기들뿐이어서 어디서부터 손을 대야 할지 모르고 있었는데 정조가 소문의 진위를 파악하라는 밀명을 내렸던 것이다.

"나리, 무슨 걱정이라도 있으십니까?"

노빈손의 걱정 어린 말에 정약용은 정신이 들었다.

"이 녀석, 스승님이라고 부르라 하지 않았냐."

"에구, 죄송합니다, 스승님."

첫 만남 이후 정약용은 대놓고 빈손에게 스승 행세를 했다. 다행히 만날 때마다 시를 읊어 보라는 소리는 없었지만 항상 불안한 것이 노빈손의 솔직한 심정이었다.

"내 이런 얘기를 너한테 해야 하나 고민도 해 봤는데 어차피 너를 제자로 받아들인 이상 숨길 것이 뭐

스승님? 아니 사부님
사부님은 선생님을 가리킬 때 스승님이라는 말과 함께 자주 쓰이는 말이다. 원래는 세자와 세손의 교육을 담당하던 정1품 관직으로 대개 '사'는 영의정이 '부'는 좌의정이나 우의정이 겸직했다. 대단한 존칭이지만 요새는 너무 막 쓴다.

있나 싶구나."

"말씀하십쇼, 스승님."

"실은 수집한 정보에 의하면 최근 폭탄과 화약의 밀수가 늘고 있다고 한다. 폭탄과 화약은 나라에서 엄히 관리하는 것이라 밀수가 늘고 있다는 것은 뭔가 좋지 않은 일이 꾸며지고 있다는 증거라 이 말이지."

"그래서요?"

"그게 누구의 손에 들어가는지 알아보려는데, 뭔가 좋은 방법이 없을까 싶어서…."

"직접 팔아 보면 되겠네요."

노빈손은 아주 간단히 대답했다. 영화에서 보면 마약 사범을 잡기 위해 일부러 마약 환자 흉내를 내는 수사관들이 자주 등장하지 않던가.

"오호, 그런 방법이 있구나. 역시 제법이구나."

"뭐, 그 정도쯤이야."

"녀석, 그새 거만해졌구나. 한데 누굴 시키면 좋을까. 얼굴이 너무 알려진 사람도 안 되고, 믿을 만한 사람이면 좋을 텐데…."

정약용이 머릿속에 이 사람, 저 사람을 떠올리는데 부용이 불쑥 말을 꺼냈다.

"나리, 저희가 한번 팔아 보면 안 될까요?"

허걱! 저희? 그렇다면 부용이 너와 나 둘?

노빈손은 기둥을 붙잡은 채 휘청거렸다. 아니, 얘가 왜 이래? 잘한다, 잘한다 하니까 진짜 개미도 씹어 먹겠네….

우리나라에 처음 화약이 들어온 것은 언제일까?
고려 말기에 최무선 장군이 원나라로부터 제조법을 배워 화약을 만든 것이 최초라고 한다. 1380년 왜구가 대거 침입했을 때 진포에서 화포·화통 등을 처음으로 사용하여 왜선 500여 척을 전멸시켰다.

"예끼 녀석! 무슨 애들 첩보놀이인 줄 아는 게냐?"

정약용이 어이없다는 듯이 껄껄 웃었다.

"나리, 잘 생각해 보세요. 규장각에 숨어 지내는 빈손이를 누가 알겠어요? 또 저희만큼 믿을 수 있는 사람이 어디 있겠냐구요! 그래도 불안하시다면 외국인으로 변장을 해도 되구요."

"그러고 보니 빈손이 인상 정도면 외국인이라고 해도 믿긴 하겠다."

"그죠, 나리!"

부용이가 신나서 외쳤다.

"빈손이가 세상 일에 좀 둔한 편이고 순발력도 떨어지긴 하지만…."

얘가 왜 이렇게 왔다 갔다 해?

"그러니까 제가 같이 가면 된다는 거예요."

엥?

"나리, 그건 좀…."

노빈손은 최대한 불쌍한 표정을 지어 보였다.

"그럴듯하구나. 하지만 너무 위험할 텐데…."

"그럼요, 그럼요."

노빈손의 얼굴에 다시 화색이 돌았다. 그러나 부용이는 아예 작정을 하고 말을 꺼낸 모양이었다.

"저 정말 잘할 자신 있어요. 아시잖아요. 한번 믿고 보내 주세요! 위험하다 싶으면 번개처럼 줄행랑칠게요! 제발요, 네?"

이미 정약용은 부용에게 넘어간 눈치고, 괜히 죽어

조선시대 신문에는 어떤 내용이?

보통은 왕의 명령이나 지시 사항, 인사 발령 그리고 왕에게 올린 상소문과 그에 대한 왕의 대답이 주로 실렸다. 농사에 영향을 미치는 강우량이나 첫서리 내린 날은 반드시 실렸다. 한편 '네 발과 네 날개를 가진 병아리가 태어났다' 같은 이상한 기사도 가끔 있었다.

도 못 가겠다고 떼 써봤자 미움은 미움대로 받고 규장각에서도 쫓겨날 거 같았다. 그동안 너무 편하다 싶었지. 노빈손은 체념한 듯 말했다.

“갈게요. 제가 음… 나름 갈고닦은 연기력이 있어서요… 에휴….”

“잘할 수 있겠느냐? 위험하지 않겠어? 꼭 안 그래도 되는데….”

말은 그리 하지만 정약용은 기쁨을 감추려는 듯 벌어지려는 입을 애써 다물고 있었다.

“가만 있자, 빈손이는 어느 나라 상인이라고 하면 좋을까. 청나라 상인? 아니지. 청나라 말을 하는 사람은 많으니까 말을 하다가 들통이 날 수도 있을 것이고. 왜나라 상인? 왠지 앞 이빨이 부실해. 아, 또 뭐 없나?”

묻고 답하고 혼자서 중얼거리는 정약용을 보며 노빈손은 고개를 설레설레 내저었다. 저 어른, 저런 사람이었나.

아라비아 상인이 된 노빈손

“나 끌어들이니까 행복하냐?”

“좋은 일이잖아.”

“이건 정말 아니라고 봐.”

“정말 완벽해!”

연신 투덜거리며 마포 나룻가를 배회하는 한 사람과 그를 구경하는 사람이 있었다. 노빈손과 부용이었다. 노빈손은 회회국(아라비아) 사람으로 꾸며 머리에 터번을 얹었고 부용은 별감 차림의 남장이었다. 벌써 한나절째였다. 나룻가를 오락가락하며 화약을 살 사람이 있냐고 묻고 다녔지만 신기하다는 듯 힐끔거리기만 할 뿐 소득이 없었다.

"딱 이틀만 하다가 돌아가는 거다."

"물론이지. 약속해."

"낑, 이게 무슨 짓인지 모르겠네."

"빈손, 말하는 거나 다시 연습해 보자."

"말하는 연습이 뭐가 필요해. 듣는 사람이나 잘 들으면 되지."

"그래도 한번 해 봐."

"양김, 까니다~았알(알았다니까 김양)."

"잘하네."

"어었들아알(알아들었어)?"

"알아들었으니까 대답하지."

순서를 거꾸로 한 뒤 음조를 적당하게 올리고 내려 외국어처럼 들리게 한 전략이었다.

"파고배~."

"너는 어떻게 된 애가 먹는 거밖에 모르니. 그리고 둘이 있을 때는 그냥 평소대로 말해."

"알써."

"써알은 또 무슨 뜻이야?"

"알써는 그냥 우리말이야."

"알써? 혹시 미래에서 쓰는 말?"

아라비아 상인들과는 언제부터 친하게 지냈을까?
통일신라의 최대 무역항인 울산항을 통해 아라비아 상인들이 들어왔다는 흔적이 있다. 또 고려시대의 유행가 〈쌍화점〉에는 아라비아 인을 가리키는 '회회아비'가 만두 가게까지 차리고 고려 여인을 유혹하는 장면이 나온다. 조선시대로 오면 이수광의 『지봉유설』, 박지원의 『열하일기』 등에도 회회국에 대한 이야기가 나온다. 한마디로 친하게 지낸 지 오래됐다.

"응."

"나까지 허기지네. 말 나온 김에 뭐 좀 먹고 하자."

"띵호와!"

그때 노빈손과 부용의 앞에 검은 그림자 둘이 나타났다. 산적처럼 턱수염을 험하게 기른 사내들이었는데 얼굴에 칼자국이 두세 개씩은 나 있는 것이 도대체 선량한 구석이라고는 찾아볼 수가 없었다.

"너희들이냐, 화약을 팔러 다닌다는 게?"

다짜고짜 반말이었다. 노빈손은 못 들은 척, 부용은 없는 용기까지 짜내서 대꾸했다.

"그렇다. 물건은 이 알 라냐라는 사람이 가지고 있고 나는 통역사다."

"알 라냐? 회회국 이름이라 역시 이상하군. 일단 물건이 얼마나 있는지 물어봐라."

부용은 되지도 않는 말을 마구 지어내 가면서 노빈손에게 묻는 척을 했다.

"라해전고다많~나겁."

"겁나 많다고 한다."

"겁나? 그건 회회국 수량 단위이냐? 그게 도대체 얼마만큼인데?"

부용은 조금씩 자신감을 찾아가고 있었다.

"그건 내가 안다. 겁나는 산 하나를 날려 보낼 만한 분량이다."

"음, 그만하면 됐군. 그럼 값으로 얼마를 원하는지 물어봐라."

노빈손은 부용에게 물었다.

"지돼면하~고라마얼."

"셔계냥그~은손빈까니테할답대~서아알가내."

"야뭐."

사내 하나가 벌컥 화를 냈다.

"왜 너희들끼리 이야기하는 거야? 한 사람이 한 마디씩만 해!"

부용은 사내를 달랬다.

"가격을 깎아 달라고 말하는 중이다."

"오! 그래? 그럼 계속해."

한동안 노빈손과 부용은 거꿀 말을 사용해서 농담을 주고받았다. 다만 표정은 심각하게. 적당히 뜸을 들였다 싶은 부용이 사내들에게 말했다.

"쌀 삼백 석을 달라고 한다."

외국어 능력 조선시대에도 인정받았다

조선시대 외국어 교육은 사역원에서 담당했다. 사역원은 지금으로 치면 통역사인 역관을 길러내는 곳이다. 오늘날 영어가 가장 인정받지만 조선시대의 최고 인기 외국어는 중국어였다. 역관들은 외국으로 출장 가는 사신들을 따라가 통역을 해주기도 하고, 개인적으로 무역을 하여 막대한 재산을 모으기도 하였다.

사내들은 서로 얼굴을 마주 보았다. 물론 제시한 화약의 양도 적은 것은 아니지만 삼백 석이면 아무나 만져 볼 수 없는 거금이었던 것이다.

"좋아. 일단 우리 배로 가자. 양이 많아서 시간이 좀 걸린다."

"좋다."

사내들을 따라가면서 노빈손은 조금 걱정스럽다는 듯이 물었다.

"까을찮괜~데한안불좀, 양김."

"게시마정걱, 손빈."

사내들이 노빈손과 부용을 데려간 곳은 포구에서 조금 외진 곳이었다. 배는 생각했던 것보다 컸고 막일을 하는 인부 몇이 뭔가를 실어 나르고 있었다.

"물건은 어디 있는가?"

"포구 앞 주막에 맡겨 놓았다. 어디로 가져다 주면 되겠나?"

"창고가 이 근처에 있다. 일단 배로 가져오면 여기서부터는 우리가 나르겠다."

어디가 진짜 화장실?
우리말에는 화장실을 가리키는 말이 참 많다. 그나마 현대적인 변소, 그리고 많이 알려진 뒷간, 그밖에도 서각, 정방, 청측, 청방, 청혼, 측간, 측실, 측청, 혼측, 혼헌, 회치실 등등 여러 이름으로 불렀다. 궁궐 내인들은 '측간' 외에 곁말로 '급한 데', '부정한 데', '작은 집'이라 했다. 노빈손은 화장실을 뭐라고 하는지 몰라서 고생 좀 했을 거야.

"쌀은 어떻게 할 건가?"

"배로 가져오겠다. 화약과 맞바꾸는 거다."

부용은 되는 대로 말을 지어 가며 노빈손에게 말했다. 노빈손은 고개를 끄덕여서 승낙하는 척을 했다. 부용은 사내에게 말했다.

"잠깐 볼일 좀 보고 오겠다. 좀 있다 마저 이야기하자."

"뭘 보고 와. 그냥 요 앞에서 대충 바지만 내리면

되지.”

“어허, 체면이 있지.”

에잇, 하필 이럴 때 화장실에 가고 난리야. 노빈손은 살짝 불안했다. 부용이 자리를 비우자 사내 중의 하나가 음흉한 미소를 지으며 말했다.

“나한테 좋은 생각이 있네.”

“무슨?”

“묻어 버리는 거야.”

“묻다니, 뭘?”

“뭐긴 뭐야. 저 둘이지.”

헐떡! 노빈손은 숨이 멎는 것 같았다. 어쩐지 불길해 보이는 인상들이더니 저런 흉악한 생각을 하고 있었군. 이걸 어쩐다.

자신들이 주고받는 말을 노빈손이 알아듣지 못한다고 여긴 둘은 열심히 흉계에 몰두했다.

“일단 화약을 가져오라고 한 뒤에 약을 먹이고 그 뒤에 처치하자구.”

“흐흐흐. 자넨 역시 천재야.”

“그럼 심환지 영감에게는 얼마나 달라고 하지?”

“헛! 심환지 영감 이름을 대면 어떻게 해?”

“뭐 어때, 알아듣지도 못하는데.”

사내는 시범이라도 보이려는 듯 얼굴에 웃음을 가득 띤 채 노빈손에게 말했다.

“어이, 알 라냐. 이 바보 녀석아.”

갈수록 볼 만하구나, 점입가경
중국의 고개지라는 사람의 일화에서 비롯된 말로 고개지는 사탕수수를 먹을 때 남들과 달리 줄기 부분부터 먹었다고 한다. 그 이유를 묻자 대답하기를 “갈수록 단맛이 나기 때문이다(점입가경)”라고 하여 이때부터 점입가경이 경치나 글 혹은 어떤 사건이 갈수록 재미있어지는 경우를 뜻하는 사자성어로 쓰이게 되었다.

'뭐, 나보고 바보라고?'

그러나 알아들은 척을 할 수는 없었다. 노빈손은 이빨까지 드러내며 싱글싱글 웃어 보였다.

"거 보라니까."

"진짜 그렇구먼."

"눈 딱 감고 오백 석만 달라고 하지, 뭐."

"줄까?"

"요즘 화약이 많이 필요한 모양이야. 걱정 말라고."

점입가경이었다. 나름대로 계획을 짠 둘은 노빈손에게 씩 웃어 보였다. 노빈손도 방긋 웃음을 날렸다. 무릎이 덜덜 떨렸지만 애써 밝은 모습을 가장한 노빈손은 사내들의 말을 꼼꼼히 새기면서 부용이 돌아오기만을 기다렸다.

아무것도 모르는 부용은 후련한 표정을 지으며 배로 돌아왔다. 사내들은 눈짓을 주고받더니 술병과 잔을 들고 왔다.

"거래도 끝났는데 이거 한잔 빠질 수 없지."

반강제로 따라주는 술잔을 받으며 부용은 곤혹스런 표정을 지었다.

노빈손이 짐짓 아무렇지 않게 얘기했다 .

"돼안~면시마거그, 양김."

"왜?"

노빈손은 웃는 얼굴을 한 채 부용에게 사정을 간략하게 설명했다. 부용의 눈빛이 흔들렸다. 이상한 낌

아라비아 사람도 먹거나 마시기 전에 기도를 한다?
사우디아라비아는 이슬람 경전인 코란에 바탕을 둔 이슬람법(Sharia)을 국법으로 하고 있기 때문에 엄격한 종교 생활을 강조한다. 먹거나 마시기 전에 '비스밀라'(Bismillah, 알라의 이름으로)라고 말하지 않으면 사탄이 그 음식을 함께 먹는다고 한다. 반드시 오른손으로 식사를 해야 하는데 사탄이 왼손으로 식사한다고 생각하기 때문이다.

새를 눈치 챘는지 사내 하나가 의혹이 가득한 눈길로 물었다.

"뭔 이야기가 그렇게 많아?"

"알 라냐 하는 말이 자기네 나라에선 뭘 먹거나 마실 때 꼭 기도를 한다고 한다."

"기도? 염불 같은 거 말인가?"

"그렇다. 자기만 하는 게 아니라 다 함께해야 한단다."

"이런, 뭐 그런 걸…."

짜증을 내는 사내를 다른 사내가 말렸다.

"이봐, 그냥 해 주자고."

마지못해 둘은 노빈손을 따라 잔을 앞에 놓고 엎드렸다. 노빈손이 다시 부용을 통해 요구 사항을 전달했다.

"서른을 세면서 마음속으로 소원을 비는데 그 사이 절대 눈을 뜨면 안 된다. 안 그러면 알 라냐의 신인 알라가 눈을 멀게 한다고 한다."

"제길, 무슨 그런 말도 안 되는…."

코웃음을 쳤지만 맹인이 된다는 협박은 효과가 있었다. 속으로 무슨 소원을 비는지는 모르지만 사내들도 눈을 감은 채 연신 뭐라고 중얼거리고 있었다. 그 사이를 틈타 노빈손은 슬쩍 자신들의 잔과 사내들의 잔을 바꿔치기 했다. 손에 땀을 쥐고 보던 부용은 안도의 한숨을 내쉬었다.

술을 마시고 십 분쯤 지나자 사내들의 눈이 조금씩 풀리기 시작했다. 노빈손과 부용이 쓰러지기만을 기

코 고는 소리는 왜 나는 걸까?
코를 고는 이유는 사람이 숨을 쉴 때 들이마신 공기가 다니는 기도가 좁아졌기 때문이다. 그래서 공기가 목젖 등 주변에 부딪치면서 일종의 잡음을 만드는데 이것이 코골이다. 피곤하거나 과음을 했을 때 코를 고는 것도 비슷한 이유에서다.

다리고 있던 사내 하나가 입이 찢어져라 하품을 했다.

"이상하네. 어제 잠도 많이 잤는데?"

옆을 돌아보니 다른 사내는 이미 코까지 골며 깊은 잠에 빠져 있었다.

"이봐, 너 제대로 한 거 맞아? 아무래도…."

말을 채 맺기도 전에 사내는 고개를 꺾고 옆으로 길게 누워 버렸다.

"자치망도~서기여리빨, 양김."

"바보야, 이젠 그냥 말해도 돼."

"그런가?"

둘은 허둥지둥 배를 빠져나왔다. 얼마나 코를 심하게 골아 대는지 마치 사내들이 뒤에서 따라오는 것 같았다.

"지금, 심환지라고 했냐?"

"네."

"분명, 심환지? 정녕 사실이렷다."

정약용은 몇 번이나 반복해서 묻고 있었다.

"그렇다니까요. 죽다 살아왔어요…."

부용이는 아직도 놀란 가슴이 진정되지 않았다.

"아, 그러기에 위험하다고 하지 않았느냐. 그래도 순간 꾀를 내서 다행이지, 너희 아비를 무슨 낯으로 볼 뻔했냐."

"누가 아니래요, 부용이 아버지 성격 만만치 않아

노론의 거두, 심환지

심환지(1730~1802)는 정시문과에 급제 후 판서, 우의정, 좌의정을 거쳐 순조 때에는 영의정에 올랐다. 노론 벽파의 우두머리로 천주교 박해에 앞장서기도 했다. 죽은 뒤 무고한 사람들을 많이 죽였다는 이유로 관직을 했던 기록을 없앴다.

보이시던데…. 제가 그때 기지를 발휘해서 다행이지, 안 그랬으면….”

연신 구시렁거리는 노빈손을 뒷전으로 하고 정약용은 깊은 생각에 잠겼다. 심환지라는 이름을 완전히 배제하지는 않았지만 이렇게 전면에 나서고 있으리라곤 생각지 못한 까닭이다. 화약으로 도대체 뭘 하려는 것일까.

“근데요, 스승님. 부용이에게 들으니 심환지 대감님은 병조판서라고 하던데, 왜 화약을 사시려 하는 걸까요? 설마 지금 사시는 한옥을 철거하고 새 건물을 지으시려고 그러는 걸까요? 아님 무슨 음모를 꾸미는 걸까요?”

순간 정약용의 낯빛이 어두워졌다. 만약 심환지 대감이 그 화약을 화성 행차 때 쓸 거라면….

등골이 오싹해 왔다. 무슨 일이 생기기 전에 일단 화약을 제거해야 한다. 근데 어떻게?

“저기요, 참지 어른. 제가 이런 말씀 드리면 주제넘는다고 하시겠지만… 실은 얼핏 저희 아버지하고 친구분들이 하시는 말씀을 얼핏 들었는데요….”

부용이 어렵게 말을 꺼냈다.

“빨리빨리 얘기해 봐, 답답하다. 뭘 들었는데? 그게 심환지 대감이 화약을 사려는 이유와 무슨 관련이 있는데?”

궁금한 건 못 참는 노빈손이 부용을 재촉했다.

“어허! 어른들의 말씀을 몰래 훔쳐 듣고 발설하는

가장 오래 산 조선시대 왕은 누구일까?

『조선왕조실록』을 보면 왕들의 평균 수명은 44세에 불과하다. 제21대 영조가 82세로 가장 오래 살았으며, 태조가 73세에 세상을 떠났다. 왕위에 오른 나이와 재위 기간은 수명과는 별개의 문제. 가장 오래 왕 노릇을 한 사람은 역시 영조(52년간). 가장 짧게 한 사람은 인종이다. 겨우 8개월. 즉위 당시 나이가 가장 많았던 사람은 태조였고, 가장 어린 나이에 왕위에 오른 사람은 헌종이었다. 7세. 그래도 왕 노릇을 15년이나 했다.

건 좋은 태도가 아닐 텐데….”

부용을 꾸짖긴 했지만 정약용은 내심 궁금한 눈치였다.

“이번에 화성 행차에서 무서운 일이 생길지도 모른다고… 경비도 삼엄하게 하고 조금이라도 위험해 보이는 것들은 모두 의심해 봐야 한다고… 화약 역시 어떤 위험을 일으킬지 모르니 빨리 없애는 것이….”

어리지만 당차고 분별력이 있는 부용이였다.

“그래서 하고 싶은 얘기가 뭐냐?”

정약용의 눈에서 순간 차가운 한줄기 빛이 스쳤다. 예전엔 본 적 없는 날카로운 모습에 노빈손은 슬쩍 기가 죽었다.

“김양, 얼른 말씀 드려, 무슨 얘길 하고 싶은지.”

“심환지 영감님이 화약을 모으는 것은 분명 쓸데가 있어 모으는 것이니 그것부터 없애는 게 좋을 것 같습니다. 하지만 일의 자초지종도 모르는 채 군사를 부르거나 하는 건 위험할 거 같습니다. 그래서 실은 저희가 배의 위치를 알았으니 그 근처에 가서 화약 창고를 찾아보면 되지 않을까요?”

“허걱! 애가 또 누굴 걸고 넘어져! 죽다 살아왔다고 그렇게 얘기했는데 거길 또 가자구? 난 됐거든! 나 그리고 의외로 길치야. 거기 다시 못 찾아가겠어. 다 까먹었다고!”

이거야 원. 원행을묘 어쩌구를 찾아보기도 전에 뭐가 이렇게 파란만장해! 노빈손은 허옇게 질린 얼굴로 손사래를 쳤다.

조선의 임금 중에 장남은 몇 명?

유난히 장손을 중시하고 순수 혈통을 보존하려고 애썼던 조선시대이지만 장남이 왕위에 오른 것은 27대를 이어온 임금 중 일곱 명뿐이다. 오히려 둘째 아들이 왕이 된 경우가 더 많아 모두 열두 명. 이유는? 조혼으로 인하여 나이 어린 왕비의 몸에서 태어나다 보니 신체가 총체적으로 부실했다는 설이 가장 유력하다.

"그래. 그건 아무래도 좋은 생각이 아닌 듯하구나. 너흰 충분히 큰일을 해냈어. 네가 영특하긴 해도 이런 일에 끼어들기엔 아직 어리다."

치기 어린 용기라고 나무랐지만 정약용은 내심 부용이 기특한 생각이 들었다.

"그럼 저희가 화약 창고 위치만이라도 알아올게요. 똑똑한 노빈손이랑 같이 가니까 위험하진 않을 거예요."

표현은 안 해도 은근히 기대를 걸고 있는 정약용과 부용의 사탕발림에 우쭐해진 노빈손은 덜컥 일을 치고 말았다.

"한번 맡겨 보세요. 뭐, 그 정도야 못하겠어요?"

잠시 고민하던 정약용은 결국 승낙을 했다.

"좋다! 대신 화약창고 위치를 알아내는 대로 바로 돌아오는 거다!"

"대신 다녀오면 저희도 화성 행차에 데려가 주세요."

"뭐라고?"

당돌한 부용의 말에 정약용은 혀를 내둘렀다.

"속셈이 있었군."

화약창고 폭파 사건

화약 창고는 생각보다 배가 있는 곳에서 가까웠다.

"위치를 알아냈으니 그만 가자!"

용기를 내서 오긴 했지만 부용의 얼굴은 두려움에 굳어 있었다.

"저기 있잖아, 김양, 생각해 봤는데 우리가 이 화약을 터트리면 어떨까? 만약 화약을 빼앗기 위해 군대가 왔다가 자칫 화약이라도 터지는 날엔 많은 사람들이 다칠 수도 있잖아."

"노빈손 씨, 댁이 무슨 화약 제거 전문가도 아니고…. 너무 앞서가시는 거 아닙니까?"

"아니, 지금 생각해 보니 뭔가 방법이 있을 거 같애. 가물가물 책에서 본 기억이 나는 것 같기도 하고…."

하긴 할 수만 있다면 그러면 좋겠지만, 나서기 좋아하는 이 청년을 무작정 믿을 수는 없는 노릇이었다. 부용은 어찌해야 할지 몰라 엄한 땅을 발로 툭툭 찼다.

그러기를 몇 분, 머리를 싸매고 있던 노빈손이 벌떡 일어섰다.

"왜, 뭐 좋은 생각이라도 떠올랐어?"

"아니, 뒷간 좀 가려고."

"쩝."

오랫동안 쪼그리고 앉아 있었더니 아랫배가 살살 아파 왔던 것이다. 화장실로 달려가던 노빈손의 눈에 문득 들어오는 것이 있었다. 화장실 옆에 놓인 오줌통이었다. 노빈손의 얼굴이 환하게 밝아졌다. 거름을 주기 위해 오줌을 모아 놓은 분뇨통에서는 끔찍한 악취가 나고 있었는데 그 냄새가 잠자고 있던 노빈손의 상상력에 불을 지핀 것이다.

"그렇지! 내가 왜 그 생각을 못 했을까."

임금님도 화장실에 가나요?
왕의 이동식 변기를 '매우틀'이라고 하는데, 세 쪽은 막히고 한 쪽은 터져 있는 ㄷ자 모양의 나무로 된 의자식 좌변기이다. 앉는 부분은 빨간 우단으로 덮였고, 그 틀 아래에 구리로 된 그릇을 두어 대소변을 받게 되어 있었다. 이것 덕분에 임금님은 화장실에 갈 필요가 없었고, 때문에 대전 근처에는 화장실이 없었다.

부리나케 되돌아온 노빈손은 잔뜩 들뜬 목소리로 말했다.

"김양, 어디 가서 숯하고 토끼 가죽 좀 구해다 줄래?"

"그건 뭐에 쓰게?"

"글쎄, 그런 게 있어요."

영문을 모르는 부용은 희희낙락하는 노빈손을 걱정스럽다는 듯이 바라보았다.

"심환지 대감의 명으로 왔소이다."

노빈손은 호기 있게 문을 두드렸다. 문을 열어 준 하인은 똥개 바라보듯 시큰둥한 표정으로 대꾸했다.

"그런 기별 못 받았는데?"

"기별하고 올 사안이 아니라서 그렇지. 지금이라도 확인해 보시든가."

당당한 노빈손의 태도에 하인은 한풀 꺾인 목소리로 말했다.

"그럼 들어오쇼."

창고라고 하더니 그냥 집이었다. 한옥을 창고로 개조한 것이다. 아니 개조가 아니라 위장이겠지.

하인은 마루에 앉아 있던 애꾸눈 사내에게 노빈손을 안내했다. 애꾸눈은 하나 남은 안구를 이리저리 굴려 가며 노빈손을 훑어보았다.

"무슨 일이신가."

"화약 상태를 확인해 보라는 명이셨소. 안내하시오."

먹을 수 있는 꽃, 먹을 수 없는 꽃

이제 화장실 얘기 그만하고, 다른 이야기. 진달래와 철쭉을 놓고 비교하면 철쭉꽃이 확실히 더 아름답다. 왜철쭉은 연산군과 조선시대 최고의 꽃 품평가 강희안이 애지중지하던 꽃이다. 그러나 정작 일반에서는 철쭉을 개꽃이라고 부르고 진달래는 참꽃이라고 부른다. 철쭉에는 독소가 있어서 먹을 수가 없기 때문이다.

"화약 말인가?"

"그렇소."

"허, 그것 참…."

전에 없던 일이라 왠지 께름칙했지만 심환지 대감의 이름을 댄 데다가 화약까지 알고 있으니 더는 모른 척할 수 없었다.

"뭐하시오? 나 바쁜 몸이오."

"그래도 무슨 서찰이라도…."

"어허, 답답한 사람이네. 서찰 같은 걸 가지고 다니다가 누구에게 들키기라도 하면 어쩔 것이오."

"그렇긴 하지만…."

"급하오."

오늘따라 왜 이리 말이 술술 잘 나오냐. 노빈손은 속으로 키득키득 웃었다.

"정말 혼자 가도 되겠어?"

걱정하는 부용을 뒤로하고 씩씩하게 떠나온 길이었다. 그럼, 내가 누군데.

애꾸눈이 데려간 곳은 본채 뒤쪽에 있는 큰 헛간이었다. 헛간 안에는 화약과 폭탄이 가지런히 놓여 있었고 주변에는 칼을 찬 사내 둘이 근무를 서고 있었다. 노빈손은 짐짓 전문가인 척하며 폭탄과 화약을 이리저리 살폈다. 애꾸눈은 팔짱을 낀 채 노빈손이 하는 짓을 유심히 지켜보았다.

왕도 개인 재산이 있었다?
얼핏 생각하면 나라의 모든 것이 전부 왕의 것 같지만 왕도 개인 재산이 있었다. 이를 내탕금이라고 하고 이 돈을 두던 창고를 내탕고라고 했다. 임금은 이 내탕고의 돈으로 천재지변이 있을 때 백성들을 도왔다. 왕자나 공주들의 결혼 비용도 내탕고에서 나왔다. 내탕고를 가장 자주 열었던 임금은 정조다.

"이거, 안 되겠는데?"

"뭐가 말이오?"

"보시오, 폭탄이 이렇게 더럽잖소."

노빈손은 손가락으로 폭탄을 쓸어 보였다. 까만 먼지가 묻어난 손가락을 바라보던 애꾸눈은 고개를 갸웃거리며 물었다.

"폭탄이 안 깨끗하면 좀 어때. 터지기만 잘 터지면 그만 아닌가?"

노빈손은 쯧쯧 혀를 찼다.

"내 이럴 줄 알았다니까. 폭탄에 대해 뭘 모르시는군. 이보시오, 폭탄이란 건 아주 예민한 것이어서 불을 붙일 때 이물질이 끼어 있으면 발포가 잘 안 되는 거 모르시오?"

애꾸눈은 생전 처음 들어보는 황당한 이론에 슬슬 화가 나기 시작했다.

"이봐. 나도 화약이라면 어릴 적부터 끼고 살았던 사람인데 그런 이야기는 처음 들어 본다구."

노빈손은 회심의 미소를 지었다. 옳거니. 슬슬 말려들기 시작하네. 노빈손은 심히 같잖다는 표정으로 내뱉듯이 말했다.

"내가 외국에 가서 몇 년씩이나 폭탄에 대해 공부한 이유가 바로 당신같이 무식한 사람들 때문이라고. 웬 줄 아쇼? 댁들은 그저 경험만 있지 이론이 없거든. 바로 이거 말이야."

노빈손은 자기 머리를 툭툭 쳐 보였다. 졸지에 머리 나쁜 사람이 된 애꾸눈은 끓어오르는 분을 참지 못해 우두둑 소리가 나도록 주먹을 움켜쥐었다.

조선시대에도 팬티가 있었을까?

지금의 서양식 팬티는 아니지만 물론 유사한 속옷이 있었다. 조선시대 복식 중 가장 밑에 입는 속옷은 다리속곳이었다. 홑으로 된 긴 천에 허리띠를 달아 차도록 되어 있는 것으로 여자들이 입었다.

"폭탄이란 말이요, 조심스럽게 잘 다뤄야 하는 것이오. 가끔 닦아 주기도 하고 기름칠도 하고 말이지."

노빈손은 품에서 토끼털 가죽을 꺼내 애꾸눈에게 던졌다.

"이건 또 뭐야?"

"폭탄 광택 걸레요. 내가 아끼는 물건인데 특별히 선물로 주는 것이니 잘 쓰도록 하시오."

"으으…."

폭발 직전의 애꾸눈을 뒤로한 채 노빈손은 화약 뭉치 하나를 골라서 슬그머니 소매 안에 숨겨 놓았던 가루를 뿌렸다.

"하여간 잘 봤소. 대감께는 화약이 잘 보관되어 있다고 보고 드릴 것이니 걱정 마시오. 오늘 중으로 폭탄에 파리가 얼굴을 비춰 볼 수 있을 만큼 윤나게 잘 닦아놓고."

궁녀와 의녀 중 누가 높을까?
궁녀 중 상궁과 나인들은 종9품에서 높게는 정5품까지의 품계를 얻을 수 있었던 까닭에 당시 선망되던 직업이었다. 이들은 주로 중인 계급으로, 양반도 평민도 아닌 낮은 벼슬아치들의 여식이었다. 반면 의녀는 관비 신분의 여성들에게 의술을 가르쳐 궁내 여인들을 돌보기 위해 생겨난 직업이므로 궁녀에 비해 계급이 훨씬 낮았다. 의료 관계만 담당하는 것이 아니라 가끔 관청이나 궁에 행사가 있으면 춤을 추거나 노래를 하기도 해야 했다.

말을 마친 노빈손은 할 일이 끝났다는 듯 헛간을 나왔다. 씩씩거리며 따라 나온 애꾸눈은 노빈손이 대문을 열고 나가자마자 다시 헛간으로 들어갔다.

경비를 서던 칼잡이들이 애꾸눈의 표정을 보고 눈치를 살폈다.

"야, 너희들!"

"네."

"폭탄 만진 지 얼마나 됐냐?"

칼잡이들이 쭈뼛거리며 대답했다.

"십 년이요."

"저는 기억 안 납니다."

"너희들 전문가 맞지? 근데 좀 전에 그 이상하게 생긴 놈이 하는 말 한 번이라도 들어 본 적 있냐?"

"없는데요."

"그렇지? 생전 처음이지?"

"그냥 높은 자리에 있는 놈이 아는 척하고 갔다고 생각하십쇼."

칼잡이들이 위로하려 들었지만 한번 치밀어 오른 분노는 쉽게 가실 줄을 몰랐다. 애꾸눈은 애꿎은 털가죽에 화풀이를 해댔다.

"뭐, 이걸로 폭탄을 닦으라고? 나 원 참."

마치 토끼털 가죽이 노빈손이라도 되는 양 우악스럽게 비벼대던 애꾸눈은 가죽을 거칠게 집어던졌다.

"뭐가 이리 질겨?"

바로 그때였다.

쾅 하는 폭발음과 함께 시뻘건 화염이 헛간 안을 가득 채웠다.

"으악! 사람 살려!"

잰 걸음으로 화약 창고를 벗어나던 노빈손은 굉음에 고개를 돌렸다. 연기가 물씬 피어오르는 사이로 거대한 불길이 치솟고 있었다.

"앗싸!"

노빈손은 힘차게 어퍼컷을 올려붙였다. 노빈손이 화약에 몰래 뿌려 놓은 것은 오줌통 표면에 낀 암모니아를 섞은 숯가루였다. 토끼 가죽을 문질러 생긴

조선의 CSI 교본을 만든 것이 정약용?

정약용이 말년에 저술한 『흠흠신서』는 법의학 · 사실인정학 · 법해석학을 포괄하는 일종의 종합재판학적 책이다. 정약용이 재직 중 다루었던 사건과 간접적으로 관여하였던 사건, 정조가 맡았던 살인 사건까지도 수록하며 자신의 의견과 비평을 덧붙였다.

정전기가 화약과 만났을 때 얼마든지 폭발을 일으킬 수 있다는 사실을 그들이 알 리 없었다.

환호성을 지르던 노빈손은 마주 오던 사내의 등장에 머쓱해져 딴청을 피웠다.

그러나 사내는 노빈손에게는 관심도 없어 보였다. 사내의 눈길은 노빈손의 어깨를 넘어 불타는 화약 창고로 향하고 있었다. 짧게 스쳐 지나간 얼굴이지만 노빈손은 사내의 눈빛을 보고 움찔했다. 화약 창고의 불길보다 더 큰 불길이 사내의 눈에서 타오르고 있었기 때문이다.

밝혀지는 진실

"정말이냐?

"정말이죠."

"보고만 온다더니?"

"떡 본 김에 제사 지낸다는 말도 있잖아요."

말을 잇지 못하던 정약용은 감동에 겨웠던지 노빈손을 왈칵 끌어안았다.

"내가 사람을 제대로 보았다. 내 판단이 옳았어."

"아니, 뭐 이러실 것까지야. 물론 제가 좀 멋지긴 하지만…."

노빈손은 한껏 우쭐댔지만, 곧이어 튀어나온 정약

붕당을 막아라, 탕평책
조선 후기 영조가 당쟁을 해소하기 위해 당파 간의 정치 세력에 균형을 꾀한 정책. 당파 싸움에 치를 떨며 왕위에 오른 영조는 1724년 즉위하자 당쟁의 폐단을 지적하고 공평한 대우를 하려고 노력했다. 영조의 손자인 정조도 탕평책을 계승하여 노론 · 소론뿐만 아니라 출신을 가리지 않고 실력을 갖춘 이들을 등용하여 어느 정도 정치적인 안정을 이룩하였다.

용의 말은 노빈손의 기분에 찬물을 끼얹었다.

"그게 아니라 내 안목에 감탄하는 중이다."

허걱!

"그런데요, 스승님, 질문이 있습니다."

"뭔데?"

"폭탄이니 심환지 대감이니 음모니 이런 단편적인 거 말구요, 스승님이 진짜로 걱정하시는 게 뭡니까?"

정곡을 찌르는 노빈손의 질문에 정약용은 평소의 엄격한 표정으로 돌아왔다.

"그건… 알 거 없다."

"제자인데요?"

"아무리 제자라도 그건 네가 알 문제가 아니다."

정약용은 더 이상 묻지 말라는 듯 입을 굳게 다물었다.

정약용이 자리를 뜨기 무섭게 노빈손은 부용을 붙잡아 앉혔다.

"김양, 김양은 알지?"

"뭐 말이야?"

"스승님이 입 씻은 얘기."

부용은 머뭇거렸다.

"빈손, 내가 조금 알기는 하는데, 참지 어른이 굳이 알려주지 않으시는 걸 내가 말해 주긴 좀 그렇잖아?"

"이래서 사람은 끝까지 봐야 한다니까. 아무리 화장실 갈 때랑 나올 때가 다르다지만 인간이 최소한의

사도세자의 장인
홍봉한(1713~1778)으로 혜경궁 홍씨의 아버지이다. 딸이 세자빈으로 간택된 후 별시문과에 급제하여 벼슬길에 올랐다. 이어 여러 관직을 거쳐 영의정이 되었고 노론의 우두머리로서 영조를 도와 많은 업적을 남겼다. 그러나 자신의 권력과 당파를 위해 사위인 사도세자를 죽이는 데 앞장을 섰던 비정한 인물이기도 하다.

예의는 지키고 살아야 하는 거 아니야?"

"아이 참, 이런 얘기 잘못했다간 큰일 나는데…."

부용은 어쩔 수 없다는 듯 말문을 열었다.

"실은 임금님의 아버지가 억울하게 죽었다는 소문이 있거든. 그 사람들이 임금님이 왕위에 오를 때도 반대를 엄청 했대. 안 그렇겠어? 자기들이 한 짓이 있는데 임금님이 가만 있겠냐고."

"나라도 가만 안 있겠다."

"거기서 끝나는 문제가 아니야. 임금님은 조선을 완전히 새 나라로 바꾸려고 하시는데 임금님을 반대했던 사람들이 그 일까지 나서서 반대하는 거야. 심환지 대감이 거기 대장 격이고."

"반대해서 어쩌자는 건데."

"자세히는 모르지만 한 가지는 확실해."

"그게 뭔데?"

"임금님을 없애 버리려고 하는 거야."

노빈손은 너무나 놀라운 말에 어안이 벙벙했다. 세상에 신하들이 임금을 죽이려 들다니!

"뭣이? 아니 그런 나쁜 인간들이 있나."

"내 말이."

"그럼 스승님은 그걸 막으려고 그렇게 고민이 많으신 거고?"

"그래."

"으흠, 제자 된 도리로 스승님의 고민을 모른 척할

실학의 대가 정약용
조선 후기인 17세기 후반부터 19세기 전반, 전통 유학에서 벗어나 새로운 방향을 찾는 학문 및 사상을 실학이라 부른다. 눈으로 보고 귀로 듣고 손으로 만져 보는 것과 같은 실험과 연구를 거쳐, 객관적 사실을 통하여 정확한 판단과 해답을 얻고자 하는 학문이다. 대표적인 인물로 박제가, 정약용 등이 있다.

순 없지. 김양한테 말해 봐야 어차피 안 믿겠지만 내가 또 그런 일은 전문이거든.”

“무슨 일?”

“지키고 찾고 구하고 돕고, 하여간 뭐 그런 계통이야.”

“여러 가지 한다.”

말은 그렇게 하면서도 부용은 은근히 노빈손이 듬직해 보였다.

임금님, 임금님, 우리 임금님

자정이 지난 시간 규장각. 노빈손과 부용은 쪼그리고 앉아 정약용을 기다리고 있었다. 두 사람의 공을 말로만 때울 수 없다던 정약용과 규장각에서 만나기로 한 지 이각(30분)이 지났지만, 정약용은 아직 소식이 없었다.

입구 쪽에서 두런두런 사람 소리가 나더니 불빛이 가까이 다가왔다. 노빈손은 호들갑을 피우며 정약용에게 달려갔다.

“아니, 스승님. 오신다고 했으면 시간을 지키셔야죠.”

“…어, 그래….”

왠지 부자연스러운 어투였다. 그리고 정약용의 뒤로 보이는 낯익은 얼굴.

“안경 아저씨네?”

왕이 신하들을 부르는 호칭
왕이 신하들을 부를 때는 ‘이(爾)’라는 표현을 썼다. ‘너’라는 뜻이다. 그러나 2품 이상의 고위 관료들을 지칭할 때는 ‘경(卿)’이라는 말로 존중해 주기도 했다. 물론 기분이 나쁘거나 미울 경우 호칭은 즉시 ‘너’로 바뀐다.

노빈손의 말에 부용도 고개를 내밀었다.

"어, 정말이다. 안녕하세요?"

사내는 빙그레 웃었다. 확실히 정약용은 평소와는 달랐다. 사뭇 조심스러운 표정이었고 빈손에게 겨우 알은 체만 했을 뿐 말을 삼가는 눈치가 역력했다. 시끌벅적한 스승님께서 오늘은 웬일이래?

"자네가 빈손이지?"

"네, 아저씨."

노빈손의 말에 정약용은 화들짝 놀라 바닥에 엎드렸다. 무슨 말인가 하려고 했지만 사내는 손을 들어 정약용을 제지했다.

"참지는 그냥 있게."

이게 뭐하는 시추에이션? 노빈손은 자기가 뭐 실수한 것이라도 있는가 싶어 부용을 돌아보았다. 부용은 고개를 저었다.

"어, 먹을 거 잔뜩 가져오신다더니 빈손이시네?"

"쳇, 빈손은 네 이름이잖아."

"김양, 썰렁해."

사내는 정약용을 쳐다보았다.

"깜빡했군. 누굴 시켜서 뭘 좀 가져오지?"

"아닙니다. 제가 그냥 다녀오겠습니다."

"참지가 체통 없이 음식 바구니 들고 다녀서야 되겠나."

"괜찮습니다. 밤중이라 보는 사람도 없습니다."

정약용은 서둘러 자리에서 일어났다. 돌아보며 노

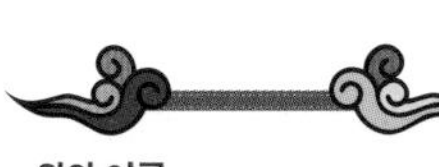

왕의 이름

원칙적으로 왕은 태어날 때 이름을 갖지 않는다. 왕의 적자로 태어나면 그냥 원자라고 불렀다. 세자로 책봉되면 그제야 이름을 받는다. 이름은 신하들이 몇 개를 지어 올리면 그 중에서 임금이 고른다. 왕의 이름은 함부로 부를 수 없고 글에 쓰면 큰 벌을 받았다. 과거 시험에서 왕의 이름을 답안지에 쓰면 무조건 낙방! 상소문에도 왕의 이름을 썼다가는 바로 퇴짜에 보너스로 곤장이 100대다. 당연히 왕의 이름은 일상생활에서 자주 쓰지 않는 특이한 글자나 아니면 아예 새로 만들어 썼다.

빈손을 향해 눈을 부라리는데 도대체 무슨 신호인지 판독이 안 되는 노빈손과 부용이었다.

"그동안 잘 지냈는가?"

부용이 서가 구석에 숨겨 놓았던 안경을 들고 왔다.

"그렇지 않아도 이걸 돌려드려야 하는데 하고 생각하던 참입니다."

사내는 안경을 받아 썼다.

"깨끗이 닦아 놓았군. 잘 보이네 그려."

"그런데 아저씨는 정약용 어른보다 높은 분인가 봐요. 우리 스승님 저렇게 허둥대는 건 처음 보네."

사내는 허허 웃었다.

"안 그래도 참지가 자네를 제자로 받아들였다는 얘기는 들었네. 시만 잘 짓는 게 아니라 의술에 대한 지식도 아주 출중하다면서?"

시 이야기가 나오자 노빈손의 안색이 창백해졌다. 혹시 또 읊어 보라는 얘기는 아니겠지요.

"오늘도 한 수 듣고 싶지만 시간이 없어 아쉽구먼."

에휴, 다행이다. 노빈손은 가슴을 쓸어내렸다. 정약용이 고양이 걸음으로 조심스럽게 들어섰다.

"여기 가져왔습니다."

"펼쳐놓아라."

정약용이 보따리를 풀어놓는 순간 낯익은 목소리

정조는 이런 사람

정조의 이름은 산. (전주 이씨니까 이산이겠지?) 홍재는 정조의 호. 할아버지는 영조, 아버지는 사도세자, 어머니는 『한중록』을 지은 혜경궁 홍씨이다. 정조는 어렸을 때부터 일기를 잘 쓰기로 소문이 났었는데 이 일기들을 모아서 역사책으로 만든 것이 『일성록』이다. 『홍재전서』는 정조의 호를 딴 문집으로 여기에는 정조가 세손 시절부터 왕위에 오른 후까지 썼던 편지, 시, 교서(왕의 명령을 기록한 글) 등이 빠짐없이 기록되어 있다. 직업이 왕이 아니라 학자가 아닐까 싶을 만큼 공부를 좋아했다.

가 들려왔다.

"약용이 이 사람아, 먹을 게 있으면 부르지, 혼자 먹나."

박제가였다. 씩씩하게 걸어 오던 박제가는 놀란 표정을 지으며 갑자기 바닥에 엎드려 머리를 조아렸다.

"전하, 이 시간에 규장각엔 어인 일로…."

노빈손과 부용은 얼굴을 마주 보고 입을 떡 벌렸다. 전하? 그럼 이 아저씨가 임금님? 놀람과 당혹스러움 그리고 두려움이 정신없이 밀려왔다. 그럼 이제껏 우리가 정조대왕을 상대로 맹랑한 소리를 지껄였다는 얘기? 맙소사!

"검서관이야말로 웬일인가?"

"저, 낮에 보던 책을 마저 보려고…."

장승처럼 굳어 있던 부용은 쓰러지듯 바닥에 엎드렸다.

"전하, 몰라 뵙고 죽을죄를 졌습니다."

노빈손도 따라서 반복했다.

"저도 죽을죄를…."

정조는 껄껄 웃었다.

"자네들이 무슨 죽을죄를 지어? 그리고 내가 전에 말했잖느냐. 내가 규장각 주인이라고."

흑흑. 부용은 송구스러움에 아예 눈물까지 찍어내고 있었다.

"그만 일어나거라. 모르고 한 것인데 무슨 상관이겠느냐. 그리고 빈손아!"

"네, 전하, 죽을죄를 졌습니다."

"허허, 죽을죄가 아주 입에 붙었구나. 자네가 큰일을 했네. 요구 조건을 내걸었다지?"

부용이 대신 대답했다.

"아닙니다. 미련한 것이 속이 없어서 그런 무리한 요청을 드린 것이니 용서해 주십시오."

정조는 입가에 웃음을 듬뿍 담고 말했다.

"화성에 같이 가자."

"네?"

부용은 놀라서 고개를 쳐들었다.

박제가는 서얼

양반의 정식 부인이 아닌 첩에게서 난 자손을 서얼이라고 한다. 이들은 가정 내에서는 재산 상속을 받지 못하거나 멸시와 같은 차별을, 사회적으로는 능력을 가지고도 높은 관직에 오를 수 없는 차별을 받았다. 정조는 이덕무, 박제가, 유득공과 같은 서얼들의 능력을 알아보고, 규장각 검서관으로 임용하여 자기 곁에서 일하게 했다.

"화성에 같이 가자고 했다. 그럼 다음에 보자꾸나."

말을 뱉어 놓고 황황히 멀어져 가는 정조의 발걸음 소리를 들으면서 부용은 또다시 눈물을 흘렸다.

노빈손은 부용의 어깨를 토닥거렸다.

"이봐, 김양. 진정해."

"흑흑. 좀 놔둬 봐. 성은에 감격하는 중이니까."

"그러시든가."

앞뒤 사정을 알 리 없는 박제가가 부용에게 닦달하듯 물었다.

"대체 무슨 일이냐. 무슨 일로 전하께서 너희와 말씀을 다 나누셔?"

또 윽박지르시네. 이 아저씬 대체 말투가 왜 이래? 노빈손이 살짝 볼멘소리로 대꾸했다.

"사연이 깁니다."

"너한테 안 물었다."

조선시대 방화범의 처벌은 고의로 자기 집에 불을 냈다가 들키면 곤장 100대를 맞았다. 곤장 100대면 온몸에 장독이 오르고 운 나쁘면 죽을 수도 있다. 불길이 옆집까지 번졌다면 곤장 100대에 추가로 3년 유형. 민가나 관가의 창고 등에 불을 질러 재산을 상하게 하면 칼로 처형했다. 노빈손의 화약 창고 폭파는 잡히면 다음 날 태양을 보는 것을 포기해야 하는 중죄였다는 사실.

부용이 눈물을 닦으면서 말했다.

"소녀가 생각해도 깁니다."

"둘이서 아주 짰구나. 에이, 고얀 것들. 전하께서는 너희들 뭘 보고 칭찬하시는지 알 수가 없군."

퉁명스러운 박제가의 말을 한 귀로 흘리면서 부용은 노빈손에게 말했다.

"빈손. 너도 들었지? 우리가 드디어 화성에 가게 된 거야."

그게 그렇게 기쁜 일이니? 볼에는 눈물 자국을 길

게 늘어뜨린 주제에 신나서 어쩔 줄 모르는 부용을 보면서 노빈손은 혼잣말처럼 중얼거렸다.

"그래, 네가 좋으면 그걸로 된 거야."

"도대체 어떻게 관리했기에 흔적도 없이 날아가 버려? 도대체 어떻게 관리했기에 흔적도 없이 날아가 버리냐구."

사람이 너무 기가 차면 소리 지를 의욕도 사라지는 모양이었다. 심환지는 도통 이해가 안 간다는 듯 건조한 목소리로 같은 말을 두 번이나 반복했다. 홍묘는 길고 가는 손가락으로 미간을 쓰다듬을 뿐 내내 무표정이었다.

"알 수가 없습니다. 말해 줄 사람들이 폭탄이 터져 하나도 남아 있지 않으니 저도 알아낼 방법이 없지요."

"단순 사고일까?"

"실수로 터질 만한 사고가 아닙니다."

"그럼 누가?"

"대감께서는 짚이는 구석이 없으십니까?"

"글쎄…."

홍묘는 눈을 가늘게 뜨고 심환지를 바라보았다.

"분명 있을 겁니다. 그런 일을 몰래 꾸밀 만한 인물 말입니다."

심환지의 머릿속에 이름 석 자가 스쳐 지나갔다.

조선 사람들은 해외에 대해서 얼마나 알고 있었을까?
실학자 이수광이 편찬한 백과사전 『지봉유설』을 보면 진랍국(캄보디아), 방갈자(방글라데시)와 같은 동남아 국가들의 역사, 문화, 종교 등의 정보서부터, 회회국(아라비아), 불랑기국(포르투갈), 남번국(네덜란드), 영결리국(영국)처럼 유럽에 대한 내용까지 소개되고 있다.

"하나 있긴 하지."

"누굽니까?"

"정약용."

"병조 참지 말입니까? 저도 소문은 들었지만 그 정도인가요?"

"머리가 좋고 주상이 총애해. 둘이 있을 땐 이름을 부르기도 한다고 들었네."

"그 자를 묶어 놓아야겠군요."

"어려운 일은 아니네. 그보다 어떻게 할 건가?"

홍묘는 거침없이 대답했다.

"일단 화성에서 군사 훈련할 때 폭탄으로 날려 버리려던 계획은 접어야지요. 남은 것이 또 있으니 너무 심려 마십시오."

"믿네. 그럼 주상이 조심태에게 보낸 편지는 쓸모없게 되었군."

"아닙니다. 장용영이 5군영을 장악하는 것은 막아 놓아야 합니다."

"화성에서는 못 막아. 행렬 때라면 모를까."

"행렬 때 필요한 겁니다."

"그러지."

말을 마친 심환지는 화약 창고가 날아가 버린 것이 못내 아쉬웠던지 입맛을 쩝 하고 다셨다. 소리 없이 웃는 홍묘의 얼굴은 맹수의 섬뜩함을 닮아 있었다.

창덕궁 보고서

– **명예 회복**과 **태평 성대,** 두 마리 토끼를 잡은 정조의 **개혁 정치**

정조가 조선의 왕으로 즉위한 18세기, 나라는 붕당 정치로 인해 신음하고 있었어. 이를 깨끗하게 처리하기 위하여 정조는 여러 방면으로 부단히 노력하며 개혁에 힘썼지. 그 내용을 간단히 정리해 볼까?

첫째, 아버지의 비극을 낳은 붕당 정치의 문제점을 고치고 왕권을 강화한다.
둘째, 재능 있는 인재들을 찾아내고 백성이 잘사는 나라를 만든다.
셋째, 농업과 상공업을 두루두루 발전시킨다.

 철밥통 공무원 따윈 없다! 끊임없이 공부하라! 

궁녀들의 구조 조정

궁궐에서 정조가 펼친 최초의 개혁은 궁녀들을 구조 조정하는 것이었다. 궁녀의 수는 500여 명을 헤아렸고 임금이 있는 대전에만 100여 명이 근무했다. 보수 또한 만만치 않았다. 하급인 무수리의 경우 한 달에 쌀 4말, 한 해에 명주와 무명 각 한 필씩을 받았으며 때로 특별 하사품을 받았다. 궁녀를 궁 밖으로 내보냄으로써 국가의 재정을 줄이는 동시에, 결혼도 못하고 일생을 궁중에서 보내야 하는 여인의 신세를 달래 주려 한 것이다. 할머니인 정순왕후의 반대로 어쩔 수 없이 자신을 수발하는 궁녀들만 없애버리고 대신 하급 벼슬아치에게 일을 시켰다.

규장각 설치

규장각은 역대 임금들의 초상화와 인장, 책 등을 보관하는 곳이었고 최초의 왕립도서관이자 박물관의 구실도 했다. 정조는 또한 규장각을 자신의 세력을 키우는 곳으로 활용했다. 규장각의 근무 방식은 자유롭고 민주적이었다. 벽에는 아무리 높은 벼슬아치가 오더라도 일어나지 말고 근무하라는 의미의 '객래불기客來不起'라는 현판이 걸려 있었다. 반면 학습과 시험에 있어서는 어찌나 혹독하게 다루었는지, 공부 좋아하는 정약용조차 "어린애 때리듯 하고 학생 단속하듯 했다"며 진저리를 쳤다.

죄는 미워하되 사람은 미워하지 말라

지방관의 권력 강화

지방에 파견된 수령들은 지방 사대부와 토호(지방의 세력가들)의 텃세에 눌려 소신껏 행정을 펼 수가 없었다. 정조는 "나의 관심은 오직 백성들이 편안하게 사느냐 그렇지 않느냐뿐이다. 그리고 이는 수령의 손에 달려 있다"고 말했다. 그래서 수령들이 소신껏 일할 수 있게 정조는 15개월의 임기를 보장했고 수령들이 부정을 저지르더라도 관대하게 처리했다. 부정을 모르는 척하는 것이 아니라, 수령권을 존중해 줌으로써 그들의 사기를 높이고 토호들을 억제하려는 전략이었다. 토호들의 저항은 거셌지만 임금의 비호를 받는 수령을 당해 내지는 못했다.

신분 타파

서자 신분이라도 과거에 합격하면 성균관에 들이고 높은 벼슬에 오를 수 있도록 길을 열어 주었다. 중인의 승급 제한도 철폐했다. 이제껏 중인들은 고위직에 오를 수 없다는 한계를 가지고 있었으나, 정조는 이들을 고을 수령으로 내려 보내거나 높은 품계에 임명했다. 화원 김홍도가 현감으로 임명된 것도 이때인데, 아무리 왕의 총애를 받았다지만 그림 그리는 '환쟁이'가 수령으로 부임한다는 것은 당시 대단한 화젯거리였다.

형벌을 가볍게

가혹한 형벌을 없앤 것은 백성들을 존중하는 마음 때문이었다. 정조는 강도와 절도 등의 범죄를 저지른 자에게 가하던 고문과 형벌도 금지했다. 주리를 틀고 불로 지지거나 얼굴에 강도라고 쓰는 자자형刺字刑도 없앴다. 죄를 물을 수는 있지만 인권을 존중해야 한다는 것이 정조의 생각이었던 것 같다. 죄인이 유배를 갈 때 가족들이 함께 따라가는 연좌제 역시 이때 없어졌다.

군대 개혁

정조의 다음 목표는 군대였다. 5군영은 붕당 정치로 인해 이미 정치하는 군인들로 가득 차 있었다. 정조는 5군영을 대폭 축소시키면서 친위부대인 장용영을 만들었다. 문신들만 바꿔서는 어림도 없다는 것을 정조는 너무나 잘 알고 있었다.

금난전권 폐지

경제 정책에도 변화의 바람이 불었다. 국가에서 장사를 하도록 허락해 준 시전 상인들에게만 부여하던 특권인 금난전권을 없앤 것이다. 한마디로 금난전권 폐지 이전에는 국가의 허락을 받아내지 않고서는 자유로운 경제 활동을 할 수 없었던 것이었다. 그러나 금난전권이 폐지되면서 이제 누구의 눈치를 보지 않고 자유롭게 상업 활동을 할 수 있게 되었다.

꿈의 도시 화성 건설

조선 팔도에 정조의 개혁 정치가 미치지 않은 곳이 없었다. 그 종합판이자 최종본이 화성이라는 새로운 도시의 건설이었다. 태조 이성계가 수도를 개경에서 한양으로 옮긴 이유는 개경이 고려 옛 세력들의 터전이었기 때문이다. 정조에게 한양은 아버지인 사도세자를 죽이고 자신에게도 칼을 겨눈 반대 세력의 기반이었다. 한양은 왕의 서울이 아니라 노론의 서울이었던 것이다.

정조의 꿈은 "집집마다 부유하고 사람마다 화락하는" 낙원 도시를 만드는 것이었다. 이를 위하여 정조는 왕의 개인 재산인 내탕금까지 투자해 가며 화성 주변에 물길을 트고 농장을 건설했다. 화성의 주민들에게는 강제 노동과 각종 세금을 면제해 주었고 주변 상인이나 장인에게도 여러 가지 혜택을 주어 화성에 모여 살게 하였다. 일부 세도가의 도시가 아닌, 왕과 백성의 도시가 정조가 꿈꾸던 화성의 청사진이었다.

3장

가자, 화성으로!

그 밤 무슨 꿈이런가
나 오래 묻어 둔 저린 기억을
후련하게 털어 내는 꿈
그러나 깨어 보면 침상에 눈물 자국뿐
이 오욕의 세월을 끝내지 못한다면
나 죽어 어찌 선왕을 다시 뵈올까

화성 행차는 아침 일찍부터 시작되었다. 출발 시간은 묘시(오전 5시부터 7시 사이)로 정해졌다. 정조는 궁을 나서기 전 먼저 할머니인 정순왕후에게 문안부터 올렸다. 부인과 할머니는 화성 행차에서 빠져 있었고 어머니와 누이동생들인 청연군주와 청선군주를 대동했다.

군주? 공주? 옹주?
군주란 세자의 정실 부인(첫 번째 부인)에게서 태어난 딸을 가리킨다. 세자가 왕위에 오르면 이들은 공주가 되는 것이다. 청연군주와 청선군주는 아버지 사도세자가 왕위에 오르지 못하고 죽었기 때문에 군주로 남아 있었던 것이다. 옹주는 후궁에게서 태어난 딸을 가리키는 말이다.

정조는 연(임금이 타는 가마)을 타고 돈화문 앞에서 어머니 혜경궁 홍씨의 가마를 기다렸다. 화성 행차를 앞두고 가장 신경을 많이 쓴 것이 바로 혜경궁의 가마였다. 육순의 노인이 다녀올 거리로는 조금 먼 데다 사도세자의 묘소인 현릉원은 가파르기가 만만치 않았기 때문이다. 용도가 다른 가마를 두 개나 준비한 것은 그런 까닭이었다.

한양에서 화성까지 혜경궁을 모실 가마를 만드는 데에만 29종의 기술자 120여 명이 매달렸다. 아마도 역사상 가장 공을 많이 들인 가마일 것이다. 어가 행렬은 사람 1,779명에 말 799필이었고 미리 화성으로 내려간 인원까지 합하면 무려 6,000여 명에 달했다. 그야말로 조선시대 최고의 이벤트였다.

수백 기의 깃발이 휘날리는 가운데 백 명이 넘는 악대가 연주하는 음악이 흥을 돋웠다. 평소 거리 축제나 퍼레이드라면 빼놓지 않고 따라다녔던 노빈손에게도 이런 구경거리는 처음이었다. 장엄하면서도 화려했고 질서정연한 가운데 자유분방함이 느껴졌다. 삼백 년 전 조선에서 이런 엄청난 행사가 펼쳐졌었다니. 노빈손은 벌어진 입을 다물 수가 없었다. 즐거운 건 딱 거기까지만.

사람이 분하거나 슬퍼야만 눈물이 나는 게 아니었다. 황당함이 과해도 눈물이 난다는 사실을 노빈손은 처음 알았다. 노빈손은 임금님의 가마를 수행하는 가마꾼이 되어 배다리를 건너고 있었다. 처음 정약용이 가마 옆에 자신을 데려다 놓을 때까지만 해도 그냥 구경이나 시켜 주려나 보다 했었다. 그런데 이게 웬걸, 정약용은 태연하게 이렇게 말하는 것이었다.

"어때, 해 볼 만하겠지?"

"네? 뭐가요?"

"가마꾼 말이다."

"가… 가마꾼이요?"

"그래, 가마꾼."

무관은 가마를 탈 수 없다?!
무관과 음관은 높은 신분이라 해도 종2품인 관찰사나 정2품인 유수 외에는 가마를 타서는 안 되었다. 무관을 문관보다 낮게 보았던 사회 풍조 탓도 있으나, 그보다는 유사시에 대비하여 말 타는 기술을 몸에 익혀야 했기 때문이다. 과거 급제가 아니라 조상 덕에 관직에 오른 음관 역시 가마를 탈 수 없었다.

"저보고 가마꾼을 하라구요? 아니, 스승님 어떻게 저한테 이러실 수가 있어요?"

"내가 뭘 어쨌기에?"

"화성 행차에 데려가신다더니, 이게 뭐냐구요."

정약용은 딱하다는 듯 혀를 찼다.

"인석아, 그거 아니면 네가 무슨 명분으로 행차를 따라와? 네가 깃발을 들겠니, 아님 총을 메겠니? 둘 다 안 되잖아."

"하지만 임금님은…."

"임금님이야 시키면 그만이지만 실무자는 그게 아니란다. 어떻게든 명은 받들어야지, 자질은 부족하지. 나도 고민 끝에 내린 결정이라구."

"하지만…."

노빈손은 울상을 지었다. 조선시대까지 와서 겨우 가마나 메다니 이게 도대체 무슨 일이래.

"싫으면 그만두든지. 그리고 임금님은 가마 잘 안 타신다. 보통은 말을 타시니까 힘들 일도 없을 거야."

그걸 지금 위로라고 하시는 것일까. 문득 부용이 소식이 궁금해졌다.

"부용이는요? 설마 부용이도 어디선가 가마를 메고 있는 것은 아니겠죠?"

"여자가 어떻게 가마를 메."

"남자 옷 입혀 통역도 시켰는데 가마 메는 거라고 못 시키겠어요?"

가마는 새색시만 타는 것일까
사극에서 가장 쉽게 볼 수 있는 가마는 새색시가 시집갈 때 타는 4인교이다. 4인교 외에도 가마의 종류는 다양한데 왕이 타는 가마는 연, 공주나 옹주가 타는 가마는 덩, 정2품 이상의 벼슬아치들이 타던 가마는 초헌이라고 하는데 특이한 것은 바퀴가 달려 있다는 점이다. 또 남여라고 하는 가마는 의자 모양이다. 그런데 가마 타면 멀미는 안 할까?

"걱정 마라. 부용이는 좋은 데 배치시켜 놨으니까."

"정말이죠?"

"나는 거짓말 안 한다. 행차 끝나고 저녁 때 만나면 물어봐라."

그날 저녁, 부용을 만난 노빈손은 기함을 하고 쓰러졌다. 부용이는 식당차인 수라가자의 보조로 행차를 수행하고 있었던 것이다. 부용은 노빈손의 손을 잡고 눈물을 한 바가지나 쏟아냈다.

"흑흑. 너는 그래도 임금님 모시는 가마라도 메지. 나는 갑자기 식모가 뭐니, 식모가."

"가마 메는 건 뭐 좋은 줄 아니? 다리 아프지, 땀 나지, 옆에서 말은 자꾸 똥 싸지."

"흑흑. 점심 먹고 나온 설거지 그릇만 수천 개야. 나 혼자 그걸 반이나 닦았다구."

한참 동안 정약용을 성토하던 노빈손과 부용은 당장 내일이라도 그만둬 버리자는 쪽으로 의견을 모으고 헤어졌다.

그러나 다음 날, 정약용은 화성에 도착할 때까지도 가마 근처에는 코빼기도 비치지 않았다. 세상에 이럴 수가. 배신감과 분노로 노빈손은 부들부들 떨었다. 이 한 몸 희생해서 나라를 구하고자 폭탄까지 터트리고 온 용사에게 이런 대접이 온당한 것인가.

정약용이 겨우 노빈손의 눈이나 피하자고 행렬에 모습을 비치지 않은 것이 아니었다. 정약용은 정약용대로 피 마르는 하루 하루를 보내고 있었다. 행차 첫날, 돈화문을 빠져나온 어가 행렬이 통운 돌다리(지금의 종로 2가)를 거쳐 구리개(지금의 명동)로 들어설 무렵이었다.

"참지 어른, 뵙자는 자가 있습니다."

"지금은 안 된다."

상당히 예민해져 있는 정약용은 단호하게 거절했다.

"시각을 다투는 중요한 일이라고 합니다."

"대체 누구냐?"

"여영청 사람이라고 합니다. 한데 평상복을 입었습니다."

정약용은 순간 불길한 느낌이 들었다.

가마, 사람만 타라는 법 있나?
서럽게도 사람도 아무나 못 타는 가마를 물건이 탈 때도 있다. 용정자라는 가마는 나라의 중요한 책이라든가 금은 보화를 운반할 때 사용하던 가마이다. 왕실에 결혼식이 있다거나 화성 행차와 같은 의식에 필요한 물건들은 남여와 비슷하게 생긴 채여라는 가마에 담아 운반했고 가자 또는 갸자라고 하는 가마는 음식물을 나를 때 사용했다.

"데리고 오라."

불려 들어온 사내는 눈빛이 강건했다. 최가라고 자신을 밝힌 사내는 잠시 망설이다가 입을 열었다.

"주상을 해치려는 음모가 있습니다."

"네 이놈!"

"우연히 들었습니다. 화성 행차를 앞두고 퍼진 소문은 그냥 흘러나온 게 아닙니다."

"듣기 싫다. 네가 지금 무슨 말을 하고 있는지 알고나 있느냐."

"싫건 좋건 나는 주상의 군사입니다. 역모를 모른 척할 수는 없었습니다. 그래서 어영청을 빠져나온 겁니다."

"무고죄에 대한 처벌이 어떤 것인지는 알고 있겠지?"

역모라면, 목숨이 달아날 수도 있는 일이었다. 그러나 무고로 인해 사람이 억울하게 처형당한 것이 밝혀질 경우, 그것 또한 사형감이었다. 최가는 지체 없이 고개를 끄덕였다.

"그걸 왜 나에게 이야기하는 것이냐?"

"참지 어른만이 믿을 수 있다고 생각했기 때문입니다."

정약용은 그의 얼굴을 빤히 들여다보았다. 거짓말을 하는 것 같지는 않았다.

"너를 잡아 두겠다."

사내는 말이 없었다.

뚜렷한 증거가 있는 것도 아니니 행차를 중단시킬

무고죄란?
무고란 사실이 아닌 일을 거짓으로 꾸며 고발하는 일을 말한다. 지금은 무고죄가 사형 범죄까지는 아니지만 조선 시대에는 무고죄로 사형을 받을 수도 있었다. 그러나 모든 무고죄가 사형에 처해진 것은 아니고 무고로 인하여 억울하게 처형당한 사람이 있을 경우에 무고한 사람을 사형에 처하도록 하였다. 결론은, 거짓말은 나쁘다는 것~!

수는 없다. 보고를 할까 생각도 해 봤지만 불확실한 정보로 주상의 심기를 어지럽힐 수도 없는 일이었다.

정약용은 지도를 펴놓고 하나씩 훑어 가기 시작했다. 어가가 지나가는 길 중 주요한 길목 24곳에는 이미 군사를 숨겨 두었다. 어림 계산으로도 족히 수천 명은 되었다. 길목을 바로 치지는 못할 것이다. 길목을 칠 정도의 병력이면 쉽게 눈에 띌 것이고 바보가 아닌 다음에야 그런 멍청한 짓을 저지를 리가 없다.

초고속 컴퓨터처럼 정교하게 회전하던 정약용의 머리에 결론이 지어졌다. 길목이 아닌, 뜻밖의 장소일 가능성이 높다. 그렇다면? 은밀히 막는 수밖에 없다.

썩 마음에 드는 결론은 아니었지만 다른 대안이 없었다. 호위대장인 김무신이 떠올랐다. 비록 자객의 난입을 허용한 적은 있지만 정조에 대한 충성심 하나만은 어디 내놔도 빠지지 않는 인물이었다. 정약용은 김무신에게 급히 사람을 보냈다.

어가 행렬이 다리를 건너기 시작했다. 삼판杉板으로 연결된 36척의 교배선 위에 횡판을 깔은, 길이 350여 미터에 이르는 다리와 오색 깃발이 나부끼는 1,700여 명의 행렬을 구경하려고 강 양쪽에 구름 같은 인파가 모여들었다. 다리 주변에는 경비를 맡은 위호선 12척이 떠 있었다. 정약용은 바로 위호선 중 하나에 타고 있었다. 아직은 찬 기운이 남아 있는 강 바람이 얼굴을 간지럽혔다.

문득 정조를 처음 만났을 때의 일이 떠올랐다.

"몇 살이냐?"

정조는 무심하게 물었다. 정약용은 대답했다.

"임오년 생(1762년, 21살)입니다."

정조는 말이 없었다. 그것도 인연이라면 인연일까. 임오년이면 사도세자가 죽은 해이다. 그때 임금의 눈빛을 잊을 수가 없었다. 정조는 시험에 합격한 사람들에게 상으로 책을 주었다. 시험에서 여러 차례 좋은 성적을 거둔 정약용은 더 이상 받을 책이 없었다. 정조는 웃었다.

"네게 줄 책이 없다. 그러니 오늘은 술을 주마."

"술은 못합니다."

"나도 못한다. 다 마셔라."

큰 사발을 다 비운 정약용은 비틀거렸다. 다리가 풀린 정약용을 보고 정조는 크게 웃었다.

위호선은 배다리 위의 행렬을 따라 천천히 움직였다. 어가는 다리 중간에 세운 홍살문을 통과하고 있었다. 초조하고 불안한데 옛 기억은 끊이지 않았다. 규장각에서 임금과 정약용은 글자 놀이를 했다.

"한 글자가 세 개 겹쳐 있는 것을 대기로 하자."

정조의 제안에 정약용은 대답 없이 웃었다. 정조

십이지(띠)로 시간을?
옛 사람들은 지금처럼 24시간에 숫자를 붙여 구분하지 않았다. 두 시간을 한 단위로 해서 하루를 열둘로 나누었는데 그것이 십이(12)시이다. 그리하여 각각의 시간에는 자, 축, 인, 묘…로 시작되는 십이지의 이름을 붙였다. 가령 자시는 오후 11시부터 새벽 1시이며, 축시는 새벽 1시부터 3시까지이다.

가 먼저 글자를 불렀다.

"삼森이다."

"품品입니다."

"굉轟이네."

"협劦이올습니다."

"염焱은 어떤가?"

"선鱻도 있지요."

말문이 먼저 막힌 것은 정조였다. 정조는 무릎을 쳤다.

"흠鑫을 잊을 뻔했네."

"뇌磊도 빠졌습니다."

"묘淼에서 끝날 것 같네만."

코너에 몰린 것은 정약용. 그러나 오래 걸리지 않았다.

"삼三을 왜 빼놓았을까요?"

정조는 크게 웃었다. 가장 쉬운 글자로 승부를 결정 지은 정약용의 재치가 돋보였다.

상으로 술을 내리겠다
임금이 신하에게 술을 내리는 일을 선온이라고 한다. 정약용은 술을 잘 마시지 못해 여러 번 곤욕을 치렀다고 한다. 또 공이 많은 신하에게는 의자와 지팡이를 주기도 했는데 이를 '궤장'이라고 한다.(게장으로 기억하면 쉽겠지?) 궤장과 함께 내리는 글은 '선마'라고 했다.

"상으로 술을 내리겠다."

"어이쿠! 전하 그것만은."

주마등처럼 스쳐 가는 기억에 정약용의 입가에는 희미한 미소가 흘렀다. 어느덧 어가는 다리를 건너 반대편 선창에 닿아 있었다. 이제부터 뭘 해야 하나. 위호선에서 내리는 정약용의 발걸음은 한없이 무겁기만 했다.

다가오는 어둠의 그림자

시흥 행궁에서 첫날을 묵은 뒤 정약용은 어가를 앞서 화성으로 달렸다. 장용영 외영사인 조심태가 반갑게 정약용을 맞았다.

“어째 벌써 오시나?”

“그렇게 됐습니다. 준비하느라 고생이 많으셨습니다.”

“준비는 뭘.”

일상적인 안부를 주고받으면서 정약용은 끊임없이 조심태를 살피고 있었다. 이 사람에게 모든 것을 다 털어놓아도 될 것인가. 물론 조심태는 임금의 사람이다. 그러나 사람 속은 알 수 없는 것이다. 하룻밤 아니 한 순간에도 바뀔 수 있다.

정약용은 좀 더 생각해 보기로 하고 결론을 미루었다. 대화는 화성에서의 일정으로 이어졌다. 조심태의 말을 듣던 정약용은 일순간 정신이 번쩍 들었다.

“전하의 서찰을 받지 못하셨다구요?”

“서찰이라니?”

조심태는 그게 무슨 말이냐는 듯 의아한 얼굴로 정약용을 바라보았다. 급하게 자리를 물러 나온 정약용은 다시 어가 쪽으로 말을 달렸다. 일각을 다투는 일이었다. 느긋하게 기다리고 있을 수가 없었다. 역모를 고발한 어영청 사람을 다시 만나야만 했다. 그러

일각을 다투는 일이다
한시가 급함을 이르는 ‘일각을 다투다’라는 말에서 일각은 본래 한 시간을 넷으로 나누어 계산할 때의 맨 처음, 즉 15분을 가리키는 말이다. 즉 이각은 30분, 삼각은 45분을 말한다. 그러면 ‘일각이 여삼추’라는 말은? 삼추는 세 번의 가을 즉 삼 년이고, 여如는 ‘같다’라는 뜻이다. 풀이하면 15분이 삼 년 같다. 시간 정말 안 간다는 뜻.

나 정약용을 기다리고 있던 것은 그가 달아나 버렸다는 허탈한 소식뿐이었다. 폭탄과 역모 고발 그리고 중간에서 사라져 버린 서찰의 상관 관계를 따져 보는 정약용의 머릿속은 복잡하기 그지없었다.

정약용을 본 노빈손은 깍듯하게 인사를 올렸다.

“참지 어른, 어디 멀리 다녀오십니까?”

얼씨구, 참지 어른이라고? 이 녀석은 또 왜 이래? 이틀 만에 보는 노빈손은 삐치다 못해 퉁퉁 불어 있었다. 게다가 자신을 참지 어른이라고 부르고.

“입술이 쩍쩍 갈라지신 것을 보니 아주 많이 바쁘셨나 보네요.”

골이 단단히 난 말투였다.

“너, 왜 그러니? 왜 이렇게 말버릇이 고약해졌어?”

“모르셨어요? 저 원래 이래요. 게다가 가마꾼 노릇을 이틀 하고 났더니 증세가 악화됐네요.”

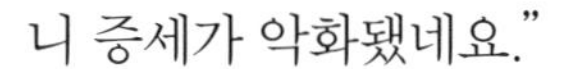

가마꾼으로 묶어 놨다고 투덜대는 노빈손과 실랑이를 벌이려니 정약용은 골치가 지끈 아파왔다. 그래도 억지로 웃어 보이며 물었다.

“부용이는 잘 있냐?”

“부용이요? 아, 그 수라가자 식모 말씀이신가 본데 어제 그릇 닦다가 과로로 쓰러졌다고 하더군요.”

“뭐라고? 진짜야?”

탈 것은 양반 전용

1400년 정종 때부터 서울 도성 안에서는 노인이나 환자를 제외하고는 양반만이 말을 탈 수 있도록 하였다. 소, 나귀, 노새도 마찬가지였다. 만일 일반 백성이나 천민이 이것들을 타면 압수하고 곤장 80대를 치도록 하였으나, 몸치장을 위해 휴대해야 할 소품이 많은 기생만은 약간의 예외로서 인정받았다.

"진짜는 아니고 거의 그 정도란 얘기죠."

이 녀석이 누굴 놀리나, 가뜩이나 예민해져 있는데. 정약용은 꿀밤이라도 한 대 때리고 싶었으나 이틀 동안 진을 빼서 그럴 기력도 없었다.

"그게 속상해서 이러는 거냐? 알았다. 가마꾼 그만두고 그냥 따라다니면서 구경이나 해라."

어, 이상하네. 이럴 분이 아닌데? 사람이 성질을 내려다가도 상대방의 반응이 신통찮으면 맥이 풀리는 법. 버럭 화를 낼 줄 알았던 정약용이 선선하게 대꾸하자 오히려 당황한 것은 노빈손이었다.

"혹시, 무슨 일 있으세요?"

"없다."

"정말요?"

"없어. 같은 대답 두 번씩 하게 하지 마라."

정약용의 안쓰러운 모습에 노빈손은 흔들리고 있었다. 내가 너무 내 생각만 한 건가. 분명 무슨 일이 있는 것이 틀림없는데….

"그럼 구경 잘해라."

돌아서는 정약용의 뒤에 대고 노빈손은 큰소리로 외쳤다.

"임금님 때문에 그러시는 거, 저도 다 알거든요."

"네가 뭘 알아?"

"부용이한테 들었어요. 지난번 제가 물어봤을 때 스승님이 안 가르쳐 주신 거요."

화성 행차 그림에 왜 정조 임금은 없는 거야?
정조가 심혈을 기울여 준비한 화성 행차를 기록한 그림들을 보면 모든 것이 빠짐없이 그려져 있는데 정조만이 보이지 않는다. 주인 없는 좌마(말)만이 호위병을 거느리고 있다. 당시에는 임금의 얼굴을 함부로 그릴 수 없는 것이 법도였기 때문이다. 똑바로 바라보는 것조차 불경죄였다. 임금의 얼굴은 임금이 개인적으로 소장하는 어진(초상화) 외에는 그리지 못했다.

"그 아이가 쓸데없는 소리를 했구나. 다 알고 있다니 얘기하마. 실은 전하를 노리는 수상한 자들이 있나 지켜보라고 널 가마꾼에 배치한 거였단다."

"그럼 부용이는 어떻게 된 거죠?"

정약용은 최대한 목소리를 낮추고 속삭이듯 말했다.

"부용이를 수라가자에 배치한 건 독살 위협 때문이었지. 부용이는 의학에 해박한 아이니 수상한 움직임이 있으면 눈치챌 테니까."

"아~, 그러셨군요."

"하지만 괜한 짓이었나 보다. 아마도 전하를 노리는 무리들이 다른 방법을 쓸 거 같구나."

"제가 할 수 있는 일이 있을 거예요. 한번 맡겨 보세요. 절대 후회 안 하십니다."

"약 선전 하는 거 같다."

"에이, 참. 사람을 뭘로 보시고."

정약용은 문득 웃음이 나왔다. 이 녀석 엉뚱하긴 해도 알고 보면 속이 깊어.

"부용이한테 다 들었다니 더 설명 안 해도 되겠네. 좋아, 이제부터 너는 내 최측근 참모이자 연락요원이자 행동대장이다."

"헉, 그걸 다 저 보고 하라고요?"

"알고 보면 그게 그거야. 따라와라. 같이 갈 데가 있다."

조선은 5군영이 지킨다

현재 한국 군대가 육 · 해 · 공군으로 나누어져 있는 것처럼 조선시대에는 5개의 군으로 나누어져 있었다. 조선 전기에는 의흥위, 용양위, 호분위, 충좌위, 충무위의 5위로 구성되었다가 임진왜란 이후 훈련도감, 어영청, 총융청, 금위영, 수어청의 5군영으로 바뀌었다. 훈련도감, 어영청, 금위영은 서울을, 총융청과 수어청은 서울의 외곽 지역을 각각 방어하였다.

"부용이 데리러 가야 하는데…."

"이따 들러."

뒤에서 돕는 사람들

"나는 칼을 쓰는 사람이지, 머리를 쓰는 사람이 아니오."

어영청 사람의 역모 고발에 대해 같이 고민 좀 해 보자는 정약용의 말을 김무신은 매몰차게 잘랐다. 좋게 보면 자신의 임무에 충실한 것이고 나쁘게 보면 앞뒤를 따져 보지 않는 단순 무식함이었다.

팔짱을 낀 채 정약용을 바라보던 김무신의 시선이 옆에 앉아 있는 노빈손을 훑었다.

"저놈은 또 뭐요?"

"내 제자요."

"제자를 뭐 여기까지 데려와?"

"제자이자 참모요. 그 외에도 여러 가지 하오만, 일단 그렇게만 알고 계시오. 얘, 빈손아, 인사 올려라."

"안녕하세요."

노빈손은 조심스럽게 인사를 했지만 워낙 딱딱한 대화가 오가는 자리라 얼굴 표정이 굳어 있었다.

"원래 표정이 이래?"

"아니오, 평소에는 밝소."

정조대왕은 애연가였다
담배가 우리나라에 전래된 것은 임진왜란 때. 이후 남녀노소를 불문하고 조선에서 큰 인기를 끌었다. 정조는 얼마나 담배를 좋아했던지 『홍재전서』에서도 담배예찬론을 펼쳤다. 담배는 당시에 진통제 역할도 했으며 심지어 체했을 때 피우기도 했던 만병통치약이었다.

노빈손은 과도하게 입을 벌려 억지로 웃어 보였다.

"아까 그게 낫다. 상당히 부실해 보이는군."

"겉은 무말랭이 같지만 속은 수박처럼 알찬 놈이오. 언제 이놈이 짓는 시를 한번 들어 보시면 내 말을 이해할 것이오."

"많이 불안하오. 한 군데 비어 있는 느낌에다 헐렁해 보이오."

박제가 어른도 그러더니만 어째 스승님 주변에 있는 분들은 다들 이러실까.

기분이 상한 노빈손은 날을 세워 대꾸했다.

"헐렁하다니요? 사람을 앞에 놓고 말씀이 지나치신 거 아니에요?"

정약용은 노빈손을 두둔했다.

"보시오, 기개도 있소."

"버르장머리 없는 것과 기개도 구별하지 못하는군. 과연 그 스승에 그 제자요."

과거 시험 응시자는 어느 정도였나?
정조 24년 3월 21일 실시된 초시에 응한 사람은 11만 1,838명이었고, 받아들인 시험지는 3만 8,614장이었다. 다음날에는 응시자가 10만 3,579명이었고, 시험지는 3만 2,884장이 거두어졌다. 이틀에 걸쳐 21만 명 이상의 응시생이 한양에서 시험을 쳤던 것이다. 답을 낸 사람들은 반도 채 안 되니…. 과거 본다고 헛걸음만 하셨군, 쯧쯧.

"뭐 하나만 물읍시다."

"그러시오."

"당신이라면 주상을 치기 위해 어떤 계획을 짜겠소?"

김무신은 벌컥 화를 냈다.

"아니, 이 사람이? 할 말이 있고 못할 말이 있지. 나는 그런 계획 절대 안 짜오."

"예를 들어 그렇다는 거요. 내가 무관이 아니어서 묻는 거니 좀 성실히 대답하시오."

“어디서 이상한 것만 물어보네. 일단 화성에서는 안심하시오. 보는 눈이 많은데 뭘 어떻게 하겠소. 군사 훈련 할 때만 신경 쓰면 될 것이오. 아무리 훈련이라지만 총을 쏘고 대포를 갈기는 것이니 불상사를 장담할 수 없소. 됐소?”

“심히 고맙소.”

“다시 한 번 말하지만 자꾸 부르지 마시오. 참지가 부를 때마다 주상의 옆이 비게 되는 것이오.”

“그러시오. 찰떡같이 붙어 계시오.”

“에잉, 하여간에 글만 읽는 작자들이란.”

김무신은 핏대까지 세워 가며 짜증을 냈다. 그런 김무신의 모습을 보고 슬그머니 웃음을 짓는 정약용과 달리 노빈손은 눈에 힘을 잔뜩 주고 김무신을 째려보고 있었다. 뭐, 부실? 헐렁? 내 참, 사람을 뭘로 보고.

"김양, 주무시나?"

"낑낑. 앓아누웠음. 별 얘기 아니면 내일 하세."

"중요한 얘기야. 얼굴 좀 보세."

"보여 줄 얼굴 아님. 인간의 형상이 아니야."

"진짜 중요하다니까."

이틀 새 부용은 완전 아줌마처럼 변해 있었다. 초롱초롱했던 눈은 여름 동태처럼 흐릿하고 머리는 한양 떠나올 때 감은 것이 마지막인 듯 떡이 져 있었다.

"흉하네."

"그러기에 보고 싶지 않다고 했잖아."

"오늘은 또 설거지를 얼마나 했는데?"

"밥솥만 삼십 개. 말 돌리지 말고 중요하다는 얘기나 해 봐."

"좀 전에 스승님을 만났어."

"스승님? 너 참 속도 좋다."

부용의 야유를 못 들은 척 노빈손은 정약용에게 들은 얘기를 옮기기 시작했다. 냉랭했던 부용의 표정도

반차도란 무엇인가?
의궤도(儀軌圖)의 일종으로 연을 중심으로 늘어선 관원들의 정확한 배치상이 풍속적인 성격을 띤 기록화이다. 반차는 의식에서 문무백관이 늘어서는 차례를 가리키는데, 반열도(班列圖), 또는 노부도(鹵簿圖)라고도 한다. 또한 그림의 앞과 끝에 행사 내역과 참가 인원 및 관직 등을 자세히 적어 놓아 고증이 가능하다.

조금씩 풀어졌다. 나름대로 수긍한 듯 고개를 끄덕거리던 부용은 별안간 소리를 빽 질렀다.

"아무리 그래도 그렇지, 밥솥을 삼십 개나 닦게 하면 어떻게 해!"

"한 열 개쯤만 닦을 거라고 생각하셨나 보지, 뭐."

"으이구, 그걸 지금 말이라고 하셔?"

부용은 품에서 손거울을 꺼내 얼굴을 이리저리 비춰 보았다.

"어울리지 않게 웬 거울?"

"수라가자 나인들에게서 하나 얻었네. 꽃단장은 못 해도 기본은 하고 다니라고 하더군."

"안 해도 예쁜데…."

"그건 남자들이 선물 사 주기 싫을 때 하는 말이니, 믿지 말라더군."

음, 할 말 없게 만드는군. 달빛에 비친 부용의 얼굴을 보며 노빈손은 중얼거렸다. 부용아, 넌 진짜 예뻐. 진짜로. 원행 어쩌구 하는 책은 일단 잊어 버리자. 부용이와 이 임무를 무사히 마치고 난 다음이라도 늦지 않아.

정조의 화성 일정은 빡빡했다. 아버지 사도세자의 묘인 현륭원을 참배했고 어머니 혜경궁의 회갑 잔치를 열었다. 지방의 인재를 발탁하기 위한 특별 과거 시험인 별시도 잊지 않았다. 걱정했던 군사 훈련도 무사히 끝났다. 정약용은 온 신경을 집중해 정조의 주위를 살폈다. 김무신이 있어 든든하기는 했지만 수

수세미는 수세미외에서 나왔다
지금도 설거지할 때 사용하는 수세미, 조선시대에도 수세미를 가지고 설거지를 했다. 물론 지금 슈퍼에서 파는 수세미가 아닌 100% 천연 식물성 웰빙 수세미였다. 수세미외에서 외는 오이의 옛말이다. 오이처럼 생긴 이 수세미외라는 열매를 물에 2~3일 정도 담가 둔 다음 건져서 겉껍질과 씨를 제거하여 햇빛에 바짝 말리고 나면 요것이 바로 수세미란 말씀.

상한 낌새를 찾아내는 것은 결국 그의 몫이었다. 노빈손과 부용이 함께 있어 조금 더 든든하기도 했다.

여섯째 날은 공식 일정을 모두 마친 끝이라 한가했다. 정조는 신하들과 활쏘기를 하면서 피곤함을 풀었다.

정약용은 정조의 옆에 바짝 붙어 있는 김무신을 바라보았다. 잠이 부족한지 연신 눈을 감았다 떴다 하며 잠을 쫓고 있었다. 김무신은 임금이 깨어 있는 동안 깨어 있었고 임금이 잠든 뒤에도 마찬가지로 깨어 있었다.

충격 고백
- 나는 조선의 ○○이었다!

양반

에헴, 내가 바로 조선에서 행세깨나 한다는 양반일세. 과거는 잘 봤냐구? 흠흠, 부끄럽지만 젊은 날 글공부를 게을리하여 아직 과거에는 합격하지 못했네. 그런데 어떻게 양반이 되었느냐구? 물론 양반이 되기 위한 첫째 조건은 과거 시험이지. 과거에 합격해서 관직에 올라야 진정한 양반이라고 할 수 있는 게지. 그러나 4대조, 그러니까 아버지, 할아버지, 증조할아버지, 외할아버지 가운데 과거 합격자가 한 명이라도 있으면 양반이라고 할 수 있다네.

우리 증조할아버지가 정3품 동부승지를 지내셨거든. 그런데 어찌 된 일인지 그 이후로 아무도 과거에 합격을 못 했다네. 나마저 합격을 못 하면 내 아들은 양반이 아니게 되는 거지. 그러니 아들놈이 어떻게 해서든 과거에 붙어야 할 텐데 말이야…. 과외라도 시켜야 할지….

왜 이렇게 양반에 집착하냐구? 일단 양반이 되면 말일세. 군대에 가지 않아도 된다네. 그뿐인가? 호역이라고 해서 집집마다 나라에서 주관하는 공사에 나가야 할 때가 있다네. 다리를 놓는다든지 할 때 말이네. 안 나가면 당연히 안 되지. 나라에 내는 세금이나 다름이 없는 건데. 그러나 양반은 이것 역시 안 해도 된다네.

길을 가다가도 상민들은 나를 보면 엎드리거나 고개를 숙인다네. 말을 타고 가거나 가마를 타고 가다가 날 보고 엎드리는 아랫것들을 볼 때, 그 기분이란~ 캬!

중인

난 샘골 사는 허 의원이라고 하네. 허준은 아니고, 흠흠. 나 같은 의원이나 통역하는 역관, 법률 문제를 따지는 율관, 회계사 같은 역할을 하는 산관 등을 중인이라고 한다네. 지금 자네들 입장에서 봤을 때는 그야말로 전문직이지.

그러나 성리학이 최고의 학문이었던 조선에서는 그리 환영받는 직업은 아니었다네. 그렇다고 해서 우리도 거저로 되는 것은 아니야. 우리도 물론 과거를 봐야 한다네. 그러나 양반님네들이 보는 문과나 무과가 아니라 잡과라고 하는 과거일세.

조선시대 관리의 등급이 종9품, 정9품, 종8품, 정8품 이런 식으로 해서 종1품, 정1품까지 모두 18등급으로 나누어져 있다는 것은 알고 있나? 우리 중인들은 그 중에 4~5품 정도까지밖에 올라가지 못해. 그런 이유 중에 하나가 우리 중인들은 서얼 출신이 많기 때문이라네.

서얼이 무엇인지 아시는가? 바로 아버지를 아버지라고 부르지 못하고 형을 형이라고 부르지 못하는 첩의 자식을 서얼이라고 한다네. 우리는 원칙적으로 과거를 보지 못하지만 아버지나 어머니의 지위가 높을 경우에는 승진에 좀 제약이 있긴 해도 과거를 볼 수 있지. 그게 바로 잡과라네.

내가 서얼이니 내 자식도 서얼이 될 수밖에 없고 따라서 내 자식도 잡과에밖에 응시할 수 없다네. 중인이라는 것이 세습되는 것처럼 보이는 데는 이런 연유가 있는 것이네. 어의는 되지 못했지만 이래봬도 근동에서는 내가 알아주는 명의일세. 서얼로 차별대우도 많이 당했지만 그래도 내 침 한 방에 병이 낫는 사람들을 보며 보람을 느낀다네. 그럼 난 이만 가 봐야겠네.

상민

우리는 평민, 양인으로 불리는 사람들이지. 참, 인사가 늦었구먼. 난 박가일세. 그런데 법적으로 따지면 양반이나 중인이나 우리나 다 똑같은 양인이야. 조선은 기본적으로 양천제 사회, 다시 말해 양인과 천민으로 이루어진 사회지. 양인이라 함은 과거에 응시할 수 있는 권리를 가진 사람들일세.

권리를 가진 대신 의무도 있지. 뭐냐구? 세금이지, 뭐긴 뭐야. 물론 같은 양인이지만 양반님네들은 아까 들었다시피 세금을 덜 내지. 어쨌든 같은 양인이라도 사는 모습이 천지차이니 이렇게 구별해서 부르게 된 게야.

우리도 과거 보고 양반 되면 되지 않겠냐구? 허허, 이 사람아. 과거는 뭐 그냥 보는 줄 아는가? 사서삼경을 줄줄 외워도 과거에 붙을까 말까인데 하루하루 먹고 살기가 힘든 우리가 무슨 수로 집에 틀어박혀 글공부를 한단 말인가? 아침부터 저녁까지 뼈 빠지게 일해도 세금 내고 나면 남는 게 없다네. 굶지 않는 것만 해도 고마울 뿐이지. 아들놈 하나를 겨우겨우 서당에 보내긴 했네만 그 녀석도 좀 크면 알게 되겠지. 결국 자기도 농사나 열심히 지으며 살아야 한다는 걸.

그래도 사농공상士農工商, 쉽게 풀자면 선비, 농민, 수공업자(물건을 만들어내는 사람들), 상인들 가운데 양인들 중에서는 우리 농민이 선비 다음으로 대접을 받는다네. 왜냐하면 조선은 농업으로 먹고 사는 나라거든.

천민

아까 양천제라는 말 들었쥬? 지는 천민에 속하는 노비구먼유. 노비 이름이 뭐 별 게 있겄슈. 개똥이여유. 천민에는 노비밖에 없냐구유? 많아유. 노비가 제일 많기는 하지만서도 황진이 같은 기생도 따지고 보면 천민이구유, 바우덕이처럼 이름난 광대도 천민이에유.

또 있슈. 임꺽정 있잖아유. 왜 도적이 됐는지 알아유? 원래 소 잡는 백정인디 천민이라고 하도 무시를 하니께 그렇게 된 거유. 또 끝도 없슈. 가죽으로 신 만드는 갖바치도 천민이지, 무당도 그렇지, 저기 바닷가에서 소금 만드는 이들도 천민이지. 양인은 과거를 볼 수 있지만 저희 천민들은 어림도 없슈. 뭐 간혹 나라에 큰 공을 세운다든가 하면 노비에서 풀려나서 양인이 되기도 하지만, 어디 그게 쉽겄슈.

대신 우리도 좋은 거 있슈. 우리는 세금을 안 내유. 나라에서 받는 것도 없는디 세금은 뭣하러 낸대유?

사실 저희는 사람도 아녀유. 자식한테 물려주기도 하쥬, 돈 없을 땐 팔아 쓸 수도 있쥬? 그게 어디 사람한테 할 짓인감유? 그리고 얼마 전에 들은 얘긴데 우리 노비 몸값은 소 한 마리 값도 못한다는 거예유. 또 있슈. 내가 일곱 살 때부터 마음에 두고 있었던 유월이를 주인집에서 돌쇠랑 혼인시켜 버렸슈. 유월이는 내가 찍었다고 한마디도 못하는 내 심정을 누가 알겄슈?

우리처럼 집에서 같이 사는 노비는 솔거 노비라고 하는디유, 돈 좀 모으면 나가서 살 수도 있어유. 그렇게 나가 사는 노비들은 외거 노비라고 하지유. 대신 주인이 부를 땐 득달같이 가서 일하긴 해야쥬. 그래도 그게 어디에유. 나도 돈 열심히 모아서 얼른 나가려고유. 그래야 꼴보기 싫은 주인마님도 안 보고, 혹시 안대유? 돈이라도 있으면 양반 자리 하나 살 수 있을지. 살 수만 있다면 어떻게든 사구 말 거여유. 하루라도 사람 대접 받고 살고 싶다 이거유. 헉, 마님이 불러유. 어디 가서 내가 이런 얘기했단 말 하면 안 돼유!

인물 매력 탐구

– **최고의 실학자**를 찾아라!

중상주의 학파의 대가 박제가

· **어린 시절** : 양반 가문에서 태어났지만 첩의 아들이 라 설움을 많이 받고 자랐다.

아버지가 열한 살 때 돌아가셔서 어머니가 삯바느질로 번 돈으로 겨우 학업을 이어갔다.

· **학파** : 상공업을 발전시키자고 주장하는 중상주의 학파

· **교우관계** : 같은 서얼 출신인 이덕무, 유득공과 신세 한탄하며 친해졌다.

· **관심사** : 청나라 학문인 북학, 정확히 말해 청나라로 흘러든 서양의 근대 문물. 베이징으로부터 전해 오는 과학과 근대적인 사고가 마음을 사로잡았다.

· **소원** : 베이징을 방문하여 선진 문물을 직접 눈으로 보고 배우는 것.

그러나 현실은 북학에 대해 '쫌' 알고 있었던 박지원의 제자가 되었다.

· **출세하게 된 계기** : 박지원의 집에 모여 수준 높은 잡담(?)을 하다가 정조대왕에게 발탁되었다.

규장각에서 근무하다가 이덕무, 유득공, 이서구 등과 함께 『건연집』이라는 시집을 출간하여 청나라에까지 명성을 떨쳤다.

· **주요 저서** : 3개월에 걸친 청나라 여행의 결실인 『북학의』.

조선의 경제사상을 한 단계 끌어올린 역작.

1777년, 정조대왕이 서얼 차별을 폐지하는 덕분에 꿈에 그리던 청나라에 가게 된다. 『북학의』에는 그가 3개월간 눈에 불을 켜고 헤집은 청나라의 문명이 고스란히 담겨 있다. 잡다한 내용까지 시시

콜콜 적혀 있지만 요약하면 '충격'과 '감동'이다. 그 충격을 조선에 전하고 싶었던 박제가는 정조에게 청의 문물을 받아들여야 한다고 주장한다.

· **정조대왕 사후** : 정조대왕이 죽고 나서 정권을 장악한 노론 벽파는 천주교 금지를 명분으로 남인들을 숙청하고 청의 문물을 적극 수용해야 한다고 주장했던 실학파 학자들을 청소해 버린다. 박제가 역시 반역 사건에 연루되어 3년간의 유배 생활을 겪었다.

중농주의 학파의 선구자 정약용

· **어린 시절** : 네 살 때 천자문을 배웠고 일곱 살에 시를 지었다. 천연두를 앓아 눈썹 한가운데가 나누어지자 눈썹이 세 개인 사람이라는 뜻의 삼미자三眉子라는 호를 지었고 내친 김에 열 살 전에 지은 시를 모아 『삼미자집三眉子集』이라는 시집을 만들기도 했다.

· **학파** : 토지 개혁을 우선한 중농주의 학파

· **교우관계** : 독서와 함께 정약용을 키운 건 그의 친형인 정약전과 친구들. 그 중에는 성호 이익의 종손이었던 이가환도 있었는데 '인간을 넘어 귀신에 가까운 천재'였던 이가환은 당시 젊은 유생들에게 우상이었다. 그리고 매형인 이승훈. 베이징까지 가서 영세를 받고 온, 이른바 '세계 최초의 자청 영세자'였던 이승훈은 정약용에게 서학이라고 불리던 천주교의 맛을 깊이 들여 놓는다. 하지만 천주교는 평생 정약용을 따라다니며 발목을 잡은 일종의 족쇄가 된다.

· **출세하게 된 계기** : 큰 배들을 나란히 띄워 만든 다리인 주교의 설계도를 그렸고

직접 만들어 보여 사람들을 경악시켰다.

화성 건설에 동원되어 설계를 맡았고 거중기를 이용하여 공사 기간을 단축시킴으로서 정조의 총애를 받는다. 또한 정3품의 벼슬인 병조(오늘날의 국방부) 참의에 오른다.

1794년에는 암행어사로 활약하면서 탐관오리인 서용보를 파직(관직에서 물러나게 함)시키기도 했다.

거중기

· **우여곡절** : 청나라 신부 주문모 잠입 사건에 연루되어 충청도 금정의 낮은 벼슬자리로 쫓겨났었지만 오래지 않아 다시 한양으로 올라와 규장각에서 서적 편찬과 교정 업무를 수행한다. 이후 다시 천주교 문제로 인해 황해도 곡산 부사로 내려간다.

1799년 정약용은 다시 병조 참지에 오른다. 그의 승진을 달가워하지 않는 정적들은 정약용을 천주교인으로 몰아갔고 그는 해명서와 함께 사직서를 낸다. 정약용을 가까이 두고 싶어 했던 정조는 만류했지만 정약용은 고집을 꺾지 않았다.

· **주요 저서** : 서양 과학을 통해 배운 지식을 기반으로 천연두 치료법을 고안한 의학서 『마과회통』, 백성들을 다스리는 관리로서의 자세를 담은 『목민심서』, 사람 목숨을 쥐고 있는 형벌을 집행하는 관리들이 지켜야 할 유의사항에 대한 『흠흠심서』, 세상을 어떻게 개혁해 나가

야 할 것인가에 대해 다루고 있는 『경세유표』 등등과 화성 행차를 적은 『원행을묘정리의궤』.

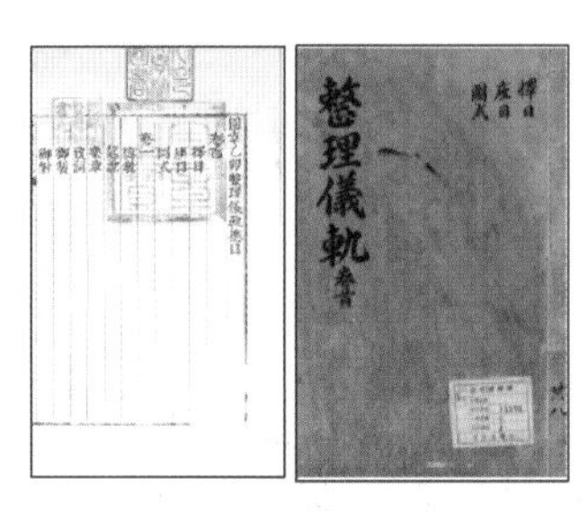
整理儀軌 卷首

『원행을묘정리의궤』

『여유당전서』에서는 함께 농사지어서 함께 나누자고 했던 여전론과 같은 파격적인 주장을 하기도 하였다.

· **정조대왕 사후** : 정조의 죽음과 동시에 핍박의 세월이 시작된다. 장장 18년 동안을 조정으로 돌아오지 못하고 유배지에서 보내게 된다. 그 사이 500여 권의 저작을 남겼다.

요란한 잠복

나룻배 한 척이 느린 속도로 배다리 쪽으로 다가오고 있었다. 배다리 주변을 돌던 위호선 한 척이 빠른 속도로 달려와 나룻배를 막아섰다. 위호 장교의 목소리에는 날이 바짝 서 있었다.

"뭐하는 자들이냐?"

사내 하나가 자리에서 일어나더니 싹싹하게 말했다.

"수고하십니다요, 나리. 실은 드릴 말씀이 있어서…."

"뭔가?"

"저는 배다리에 경강선을 빌려 드린 김가라고 합니다."

김가라고 자기를 소개한 사내는 주교사(배다리를 관장하는 임시 기구)에 배를 임대하기로 한 증명서를 내보였다.

"그런데?"

"실은 제가 급히 배를 팔아야 하는 상황이 되었습니다. 이쪽은 배를 사기로 한 사람이올시다."

옆에 있던 우락부락하게 생긴 사내가 고개를 까닥였다.

"수원에 사는 서가라고 합니다요."

"결론부터 말하라."

"서가 이 사람이 배를 사기 전 꼭 배의 상태를 눈으로 확인해야 한다지 않습니까?"

한강 최초의 다리는
연산군 때 만들어졌다. 사냥을 좋아하던 연산군은 지금의 양재동 아래 청계산을 가장 자주 찾았는데 그러자니 배다리가 필요했다. 사냥에 동원된 인원은 무려 5만 명!! 동원된 배도 800척에 달했다. 이러고도 왕위에서 쫓겨나지 않았으면 그게 더 이상한 일이다. 정조대왕이랑 너~무 비교된다.

"그럼 내일 확인해 보면 되지 않는가?"

김가는 우물쭈물하며 서가의 눈치를 살폈다.

"그게 저… 급한 사정이 있어서 제가 선금을 쫌 받아 놓은 것이 있어서…."

장교는 말꼬리를 잘랐다.

"있을 수 없는 일이다. 그런 사정까지 봐줄 수는 없다. 더구나 배를 빌리는 비용까지 이미 주지 않았더냐?"

김가는 소매에서 조그만 꾸러미를 내밀었다.

"이건 약주 값입니다. 나중에 식사라도…."

불호령이 떨어졌다.

"이 자가 우리를 뭘로 보고! 당장 집어넣지 못하겠는가!"

김가는 더더욱 난처한 표정을 지었고 서가는 그런 김가를 험악한 인상으로 째려보았다.

왕의 거둥을 꾸미는 초호화판 야외 공연!
왕이 환궁할 때면 궁궐 앞길에 나무틀을 얽어 세우고 기생, 광대, 악사들이 흥겨운 노래와 화려한 춤을 선보이며 사람들을 즐겁게 했다. 오늘날로 치면 국립 관현악단, 무용단, 서커스단이 총동원된 초호화판 야외공연인 셈이다. 성종 때에는 성균관 유생들마저 갓을 벗고 쭈그리고 앉아 몰래 구경하는 것을 왕이 보고 개탄하기도 했다 한다.

"말이 틀리지 않은가. 여기 오면 다 확인할 수 있다고 해놓고."

"그럼 나더러 어쩌란 말이오."

"당장 확인을 하게 해 주든가 아니면 돈을 다시 내놓으란 말이지."

"그 돈은 이미 썼소이다."

서가는 김가의 멱살을 틀어잡았다. 젊어서 힘깨나 쓴 듯 팔뚝에는 길쭉한 흉터까지 있었다.

"이거 아주 못된 놈이군. 이제 와서 나 몰라라?"

"그럼 어떻게 하오, 사정이 그런 것을."

"이런 고얀 놈을 보았나?"

장교는 엄한 목소리로 싸움을 뜯어말렸다.

"다른 데 가서 싸우거라. 이 다리가 어떤 다리인지 알고나 그러는 것들이냐."

그러나 서가의 주먹은 이미 김가의 얼굴을 정통으로 갈긴 후였다. 김가 역시 맞고만 있을 수 없다는 듯 고함 소리와 함께 달려들어 서가를 넘

어뜨렸다. 나룻배 안은 금세 아수라장으로 변했다.

"얘들아, 뭐하냐. 이놈들을 다 물에 빠뜨려 버려라!"

주인을 따라 온 하인들까지 합세하는 바람에 난투극이 벌어졌다. 얻어맞은 얼굴을 부여잡고 낑낑대는 놈, 떠밀려 물에 빠진 놈 등 가관이었다.

"이놈들, 여기서 싸우지 말라니까."

말은 그렇게 하면서도 위호선의 병사들은 심심하던 차에 벌어진 구경거리를 마다하지 않았다. 싸움 구경에 정신이 팔려 있던 병사들이 물에 빠졌던 사내 하나가 슬그머니 홍살문 밑의 배 안으로 숨어드는 것을 알리 없었다.

치세를 베푸는 성군, 정조

여덟째 날이었다. 아침 일찍 정조는 일정에 없던 행사를 지시했다.

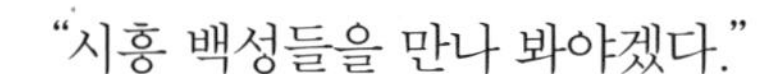

"시흥 백성들을 만나 봐야겠다."

회갑 잔치와 군사 훈련 쪽에 치중하다 보니 백성들을 직접 만나 이야기를 듣는 것을 소홀히 했다는 이유에서였다. 오전 여섯 시 무렵 정조는 교(임금의 지시)를 내렸다.

"시흥 현령은 연로(임금이 거둥하는 길)에 노인과 일반 백성들을 데리고 나와 대기하라."

교를 전해들은 정약용은 입맛이 썼다. 백성을 만나

환갑 잔치는 왜 하는 것일까?
사람이 태어나서 60년 만에 맞는 생일날을 환갑, 회갑 또는 주갑이라고 한다. 한국 나이로 예순한 살이 되는 생일이 환갑이다. 우리나라에서 환갑을 특별하게 생각했던 이유는 환갑이 되면 태어났던 해의 간지로 다시 되돌아오기 때문이다. 정해년에 태어났다면 60년 후에야 다시 정해년을 맞게 되는 것이다.

는 일은 평소에도 자주 하시던 일 아닌가. 지금은 한시라도 빨리 한양으로 입성하여 이번 행차를 마무리하는 것이 좋을 것 같은데.

병사 하나가 급히 뛰어와 소식을 알렸다.

"시흥의 대기 병력이 아침 일찍 이동을 했다고 합니다."

정약용은 화들짝 놀랐다. 임금이 행차하는데 호위를 맡을 병력이 어명도 없이 이동했다니!

"누구의 지시라고 하더냐?"

"심환지 대감의 지시라고 들었습니다."

이럴 수가. 결국 심환지였던가. 군대의 이동은 왕의 지시 없이는 있을 수 없는 일이었다. 그것을 병조판서 심환지가 멋대로 옮겨 버린 것이다.

정약용은 심환지를 찾아 달렸다. 그러나 임금의 주민 접견을 돕느라 당장은 만날 수 없다는 핑계였다. 아침 일찍 어가가 한양으로 출발한다기에 미리 군사를 빼서 노량 주교(배다리)로 이동시켰다는 설명뿐이었다.

실제로 정조는 그 전날 교를 통하여 광주, 시흥, 과천 등의 정찰병이 여러 날 대기하고 있어 걱정된다며 가마가 지나간 다음 차례로 정찰병들을 돌려 보내라고 지시한 바가 있었다. 맥이 빠졌지만 왕이 일정을 급하게 바꾸는 바람에 병조판서가 후속 조치를 취했다니 따져 물을 여지도 없었다. 호위 부대만으로 임금님의 경호가 가능할까. 정약용은 고개를 저었다.

큰 칼 옆에 차고 임금을 지킨다
조선시대에 임금이 큰 행차에 나설 때 운검이라는 큰 칼을 차고 임금의 좌우에 서서 호위하던 임시 벼슬을 별운검이라 한다. 임금을 지키는 중요한 임무였기에 의정부의 우참찬이나 육조의 판서 등 비교적 높은 관직에 있는 사람을 별운검으로 뽑았다. 운검은 육군사관학교 내에 있는 육군박물관에 가면 볼 수 있다.

시흥 현령 홍경후는 시흥 주민들과 문성동 앞길에

서 어가 행렬을 맞았다. 정조는 군복 차림이었다.

"어가가 지나는 곳에서는 시혜를 베푸는 것이 관례이다. 더구나 이번 행차에 모든 것이 편안하였으니 경사가 아닐 수 없다. 어찌 백성을 모른 척 지나칠 수 있다는 말인가."

홍경후는 정신없이 고개를 조아렸다. 혹시나 백성들이 자신도 알아차리지 못했던 고통을 호소한다면 벼슬 자리가 날아가는 판이었다. 정조의 말이 이어졌다.

"잘못된 것을 고치고 무리한 의무는 덜어 주겠다. 너희들은 말할 것이 있으면 숨기지 말라."

허리가 굽은 노인이 나와 조심스럽게 입을 열었다.

"입는 것, 먹는 것 모두 임금님의 은혜입니다. 특별히 아뢸 것이 없습니다."

노인은 정조가 나라를 잘 다스림을 칭찬을 하고 있었지만 정조는 뜻밖의 반응을 보였다.

호역이란?
국가에서 행하는 공사에 백성이 대가 없이 불려 나가 일하는 것. 궁궐을 조성하거나 성을 쌓는 역과 같이 국가 차원에서 동원하는 것과, 조세를 걷고 운반하기 위한 공역 등 군현에서 동원하는 것이 있었다. 동원된 양민은 식사를 스스로 마련해야 했으며, 때문에 가난한 사람은 점심을 굶으며 노역에 종사하기도 하였다.

"그게 도대체 무슨 말이냐. 어찌 사람이 사는 일에 걱정이 없을 수가 있어. 혹시 현령이 있어 말을 못 하는 게냐. 물리쳐 주랴?"

"아, 아닙니다요."

노인은 황급히 손을 내저었다.

"내가 궁궐 깊은 곳에 있어 너희들의 걱정을 자세히 알지 못한다. 그래서 말을 듣고자 하는 것이다."

정조의 말에 노인은 조심스럽게 털어놓았다.

"큰 애로사항은 없고 다만 올해에는 호역을 두 번이나 하게 되어 조금 불편합니다."

정조의 대답은 짧고 간결했다.

"그런 일이 있었는가? 앞으로 그런 일이 없도록 하겠네. 또 없는가?"

용기를 얻었는지 이번에는 중년의 사내가 나섰다.

"어떤 것이냐?"

"말씀드리기 황송하오나 저희 집 소가 병이 들었는지 통 먹지를 못합니다."

"안타깝지만 그건 나도 어떻게 해 줄 수가 없구나. 다음."

그래 소가 아픈 걸 임금님이 어쩌겠어? 어쨌든 백성들 소원도 그 자리에서 바로 들어주고 임금님 멋지신걸? 그런데 가만, 오늘은 임금님이 여길 지나갔으니 망정이지 평소엔 백성들이 임금님한테 하고 싶은 말이 있을 때 어떻게 하지? 갑자기 의문이 생긴 노빈손이었다. 지금 필요한 건 뭐? 바로 스승님, 정약용이었다.

"스승님, 스승님. 오늘 같은 임금님 행차가 없을 때에는 백성들은 어떻게 자기 생각을 말하나요? 임금님 행차가 없으면 영영 말 못 하는 것인가요?"

그러나 정약용은 안절부절 못하고 있었다. 역모를 꾸민 자들이 군사들이 느슨한 틈을 타 임금님을 친다면 막을 도리가 없었다. 궁궐도 아랑곳하지 않고 뛰어 들어온 자들이니 못할 것도 없었다. 그런 복잡한 속을 노빈손이 알 리 없었다.

"머리가 복잡하다. 나중에 말해 주마."

억울하오! 둥둥둥~
신문고 제도는 태종 때 처음 실시되었다. 부당한 일을 당한 자가 북을 울려 임금에게 자신의 억울함을 알리고, 해결책을 얻도록 하는 것이었다. 그러나 신문고가 대궐에 있어 지방에 사는 사람들에게는 사실상 그림의 떡이었다. 또 신고절차가 복잡하고, 노비가 주인을 고소하는 것이 금지되는 등 제약이 많았다. 결국 후기에는 격쟁에게 밀렸다나 어쨌다나.

"제가 궁금한 건 절대 못 참거든요. 스승님이라면 마땅히 제자의 질문에 답할 의무가 있는 것 아닐까요?"

"에잇, 귀찮은 놈. 상언이라는 것이 있다. 관리들이나 공부를 열심히 하는 유생들이 임금님에게 올리는 글을 상소라고 한다. 그런데 이건 꼭 한문으로 써야 되지. 그러나, 상언은 아무나 다 쓸 수 있다. 상언은 천민도 쓸 수 있다. 또 중요한 건 한자를 우리말 식으로 쓰는 이두로도 쓸 수 있다는 거다. 한문을 모르는 백성들이 주로 이용하는 거지."

"이렇게 금방 끝나는 얘길 뭘 그렇게 뜸을 들이시고…. 다른 건 또 없나요?"

"있지. 격쟁이라는 거다. 오늘은 임금님이 백성들한테 한번 말해 봐라 하셨으니까 없었지만, 원래 임금님 행차 때에는 징이나 꽹과리를 치면서 한바탕 난리를 치고 임금님께 자기 사정을 말하는 게 허락된단다. 그게 바로 격쟁이다. 사실이 아닌 걸로 밝혀지면 벌을 받게 되지만 사실일 때는 제일 효과적인 방법이지."

정약용은 자기도 모르게 이야기를 술술 풀어 나가고 있었다.

"참~ 한가하기도 하시오."

김무신이었다.

"제자 놈 가르치는 중이오."

"감자 백날 가르쳐 봐야 고구마 되겠소?"

아니, 정말 이 아저씨가?

"무슨 할 말이 있어서 오신 거 아니오?"

정약용이 빙그레 웃으며 물었다.

"아이쿠 내 정신. 장용영 군사들이 근처에 와 있다는 보고를 들었소. 공식적으로는 비밀이오."

정약용은 눈을 크게 떴다. 장용영에서?

"어째 이상해. 아침부터 시흥 병력이 이동을 하질 않나, 난데없이 장용영 군사들이 나타나질 않나."

김무신의 말을 들으면서 정약용은 가슴을 쓸어내

네 죄를 네가 알렷다!
왕이 직접 궐 내 재판소에서 피의자를 심문하는 일을 '친국'이라고 한다. 피의자들이 사건을 숨기거나 조작한 것이 밝혀지면 곤장은 물론이고 압슬(무거운 돌로 무릎을 내리누르는 형벌) 같은 잔인한 고문이 뒤따랐다. 역모죄 등 국가 안전을 위태롭게 하는 범죄가 주로 친국의 대상이었다.

렸다. 조심태의 얼굴이 떠올랐다. 그 어른이 결국 와 주셨구나. 이 은혜를 어떻게 갚나. 조심태를 만난 날, 정약용은 어렵게 부탁을 했었다. 화성에서 한양으로 가는 동안 먼발치에서 어가를 호위해 달라고. 조심태는 딱 잘라 거절했었다. 왕의 군대를 멋대로 움직이는 일은 할 수 없다는 이유였다. 더 이상 조르지 못하고 물러나왔는데 조심태 역시 마음이 안 놓였던지 어가를 따라오고 있었던 것이다.

"그런데 그 얘길 왜 나한테 하시오?"

김무신은 썰렁하게 대꾸했다.

"그냥. 알려주면 좋아할 것 같아서. 이만 가오."

무뚝뚝하기는. 헛기침을 하며 돌아서는 김무신의 뒷모습에서 정약용은 끈끈한 동지애를 느꼈다. 무엇보다 다행인 것은 장용영의 존재였다. 장용영에서 어가를 따라온다면 아무리 간이 큰 놈들이라도 함부로 나서지는 못할 것이다. 정조와 백성들과의 만남이 끝난 듯 환호 소리가 크게 울렸다.

정조시대 최고의 갑부는 여자? 제주 기생 출신 김만덕은 화폐 신권 후보에도 오르내렸을 만큼 뛰어난 조선시대의 여걸이었다. 탁월한 경제 수완으로 큰 돈을 모은 그녀는 정조 19년 제주에 큰 흉년이 들어 모두 굶어 죽게 되자, 재산을 털어 사람들을 구제하였다. 이에 정조는 크게 치하하였고, 당시 재상이었던 채제공은 『만덕전』을 지어 그녀에게 선물하였다고 한다.

복수심에 불타는 홍묘

"부르셨습니까?"

"문제가 생겼네. 장용영에서 군사가 따라붙었어."

어지간해서는 감정을 드러내지 않는 홍묘였지만 이번에는 달랐다. 날카롭고 신경질적인 목소리가 흘러나왔다.

"그게 어떻게 가능합니까?"

"군사들을 철수시키게."

"언제 아셨습니까?"

"조금 전에."

"정약용인가요?"

"그건 몰라. 주상이 직접 내린 명일 수도 있지."

홍묘는 말없이 손가락 마디를 소리 내어 꺾었다. 조금 전 흔들렸던 감정은 벌써 사라지고 없었다. 그 점은 심환지도 마찬가지. 지난 일을 가지고 분통을 터트리지 않는다는 점에서 두 사람은 놀랍도록 닮아 있었다.

"결국 마지막까지 가는군요."

"그렇게 됐군."

"그자를 잡아 두십시오."

"그럼세."

"일 마치고 뵙겠습니다."

"실수 없도록 하게."

"아무런 흔적도 남지 않을 겁니다."

"흔적이라…."

심환지는 쿨럭거리며 기침을 했다. 웃음소리와 기침 소리가 뒤섞여 기괴한 느낌이 들었다.

"후세 사람들이 이 일을 어떻게 기록할까?"

"기록은 후세가 아니라 저희가 남기는 겁니다."

조선시대의 결혼 적령기는?
15살 여자애들이 왕비로 간택되어 궁으로 들어가곤 했던 조선시대. 어린 나이에 결혼하는 조혼의 풍습이 조선에 널리 퍼져 있었다. 너무 이른 결혼으로 인해 어린 나이에 과부가 되는 경우도 종종 생겨났다. 그래서 세종 때에는 12세 이하 처녀(!)의 결혼을 법으로 금지할 정도였다. 노빈손도 조선시대에 태어났으면 이미 결혼해서 애 한둘은 있었어!

홍묘의 목소리에는 확신이 담겨 있었다. 심환지는 잠시 말이 없었다.

"자네…."

"예, 대감."

"아직도 자네 형을 생각하나?"

홍묘의 얼굴에 당혹스러움이 스쳤다.

"무슨 말씀이신지."

"강용휘, 그 친구 참 똑똑했는데…."

칼잡이 전흥문과 함께 궁궐에서 정조를 암살하려 했던 이름이 심환지의 입에서 튀어나왔다.

"형님 일이라면 잊은 지 오래입니다."

"담아 두고 있는 줄 알았네."

"그 일로 여기까지 왔겠습니까."

심환지는 예전에 홍묘가 자신에게 했던 말을 기억하고 있었다.

'임금 혼자 하는 개혁은 개혁이 아니라 독재일 뿐입니다. 나라의 뼈대를 이루는 사대부를 무시한 채 막무가내로 밀어붙이는 개혁은 그만 중지되어야 합니다.'

"신경 쓰지 말게. 혹시나 해서 물어본 것이니."

"오늘 좀 이상하십니다."

"나이가 드니까 생각이 많아지는군. 가 보게."

심환지는 손을 내저어 자리를 파하고는 고개를 숙인 채 기침을 막았다. 손가락 사이로 삐져나온 기침소리가 낮고 음산했다.

모의 군사 훈련, 성조
전쟁을 대비하여 도성이나 피난지에서 적을 맞아 싸우는 상황을 가정한 군사 훈련으로, 한성이나 행차한 지역에서 행해졌다. 왕이 성조에 참여할 때는 성의 사령부인 장대에서 공격과 수비를 지휘하였다. 화성 행차 때 서장대에서 성조를 했던 것은 바로 이런 이유.

노량 행궁에서 점심을 먹은 어가 행렬은 주교 선착장에 이르렀다. 일주일 전 있었던 어가 행렬을 다시 보려는 사람들로 선착장 주변은 몹시 혼잡했다. 정조가 백성들의 접근을 너무 심하게 막지 말라 한 것도 구경꾼들의 발길을 끌어 모은 이유 중 하나였다.

정약용은 핏발이 곤두선 눈으로 어가 행렬을 주시하고 있었다. 이제 저 다리만 건너면 끝난다. 행렬의 선두가 배다리로 들어섰다.

기골이 장대한 장교 둘이 다가왔다.

"대감께서 찾으십니다."

심환지의 호출이었다. 하필 이럴 때? 정약용은 난감했다.

"무슨 일이라 그러시던가?"

"저희가 알 리 없지요."

알더라도 대답 같은 건 해 줄 수 없다는 표정들이었다. 오전에 찾아갔던 일 때문인가. 그렇다면 진작에 불렀어야 맞다. 예감이 좋지 않았다.

"허 참, 도대체 나를 지금 왜 보시자는 것인지…."

"가시지요. 급한 일이라 하십니다."

강제로라도 끌고 가겠다. 장교들의 눈빛은 그렇게 말하고 있었다. 장교들을 따라나서면서도 정약용의 눈길은 어가를 떠나지 못하고 있었다.

지동설을 주장한 최초의 한국인
지동설 하면 곧바로 홍대용을 떠올리지만 홍대용보다 먼저 지동설을 주장한 사람이 있었으니 현종 때 태어난 김석문이다. 그러나 지동설을 주장했던 갈릴레이가 핍박을 받은 것과는 달리 이들의 주장은 아무런 관심도 끌지 못했다. 서양의 지동설이 신의 존재를 위협했던 것과는 달리 성리학의 나라 조선에서는 뭐가 돌든 상관이 없었기 때문.

"참지 어른 못 보셨어요?"

"못 봤다."

행렬 끝을 살피고 돌아온 노빈손은 정약용을 찾아다니고 있었다. 웬일일까. 자리를 뜨실 리가 없는데. 보이는 사람마다 묻고 다니던 끝에 병졸 하나가 기억을 되살렸다.

"아까 병조에서 사람이 나온 것 같던데. 그 사람을 따라가셨나?"

"병조요?"

뭐야, 나한테 한마디 말씀도 안 하시고. 노빈손은 투덜거렸지만 생각해 보니 별로 이상할 것도 없었다. 스승님은 원래 병조 소속이니까.

정약용의 걱정이 무색하게 행차는 너무나 태평했다. 덕분에 노빈손의 긴장감도 처음과는 달리 많이 풀어져 있었다.

덫에 걸린 정약용

정약용이 심환지에게 쩔쩔매는 이유
심환지와 정약용은 6조 중 병조에 소속되어 있다. 그러나! 심환지는 병조의 최고 관리인 정2품의 판서이고 정약용은 그 다음 다음인 정3품의 참지이기 때문이다. 참지는 다른 말로 참의라고도 한다. 판서와 참지 사이에는 종2품의 참판이 있다. 부를 때에도 정2품 이상은 대감, 종2품과 정3품은 영감이다. 화성 행차 당시 37살이었던 정약용도 사실 영감이다. 푸헛.

심환지는 고목같이 딱딱한 모습이었다.

"그대는 어디 소속인가?"

"무슨 말씀이신지요. 대감?"

"내가 알기로 그대는 병조의 정3품 벼슬인 참지일세."

도대체 무슨 말을 하고 싶은 것일까.

"말씀하시는 의미를 잘 모르겠습니다."

심환지는 곧바로 치고 들어왔다.

"밀고를 받았다지?"

정약용은 뜨끔했다. 그걸 어떻게 알았을까. 정약용은 일부러 별거 아닌 것처럼 둘러댔다.

"밀고를 한 자의 말이 신빙성이 별로 없는데다, 역모를 꾸미는 자가 있다는 정보는 흔한 것이어서…."

"역모를 꾸미는 게 흔한 일이라… 허허, 그걸 나만 모르고 있었나?"

아차, 말실수를 했구나. 정약용은 후회막급이었지만 궁지에 몬 심환지는 쉽게 놓아줄 기세가 아니었다.

"신빙성은 누가 판단하는 것이며 거기에 대한 처리는 누구의 몫인가?"

"대감입니다."

"허면 무슨 조치를 취했는가?"

심환지는 계속해서 정약용을 궁지로 몰아갔다. 사건이 이렇게 확대될 줄은 몰랐다. 직속상관인 심환지에게 보고를 하지 않은 것부터가 잘못이었다. 조치를 취했으면 마땅히 보고를 해야 맞는 것이고 안 했다면 업무를 태만히 한 것이니 도무지 빠져나갈 구멍이 없었다.

심환지는 빙글빙글 웃었다.

"밀고한 자를 잡았네."

정약용은 눈을 크게 떴다. 도대체 그자를 어디서 찾았다는 말일까.

"그런데…."

심환지는 잠시 말을 멈췄다. 마치 정약용의 난처함을 즐기는 것 같았다.

"그자의 말이 분명 그대에게 밀고를 했는데도 불

인간이 말보다 못하다고?
일부 인간은 그랬다. 천민인 노비. 이른바 '말하는 짐승'이었던 노비의 매매 가격은 오승포 150필, 말은 500필 정도였다. 말이 노비보다 세 배나 더 비쌌던 것! 전쟁이 나면 이 격차는 더 벌어진다. 임진왜란이나 병자호란 때는 말 한 마리당 노비 열 명이었다.

구하고 별반 반응이 없었다고 하던데…. 사실인가?"

"그럴 리가요?"

"분명 그렇게 말했네. 신경 쓸 것 없으니 가 보라고 하였다지?"

정약용의 다리에 힘이 풀렸다. 절대 그런 기억은 없다. 뭔가 잘못된 것이다.

"맹세코 그런 일은 없습니다. 직접 대면하게 해 주십시오."

심환지는 코웃음을 쳤다.

"대면이라, 어차피 서로의 말이 다른데 대면하면 뭐할 것인가. 어느 한쪽이 거짓말을 하는 상황이라면 말일세."

"답답합니다, 대감."

"답답한 것은 나일세. 밀고한 자가 내게 이르기를 '정약용 어른에게 말하였으나 크게 관심을 보이지 않아 께름칙했는데 생각해 보니 혹시 이미 그 사실을 알고 있는 것 아닌가 싶었다' 고 하더군. 무슨 말인지 알겠나?"

수렁 속으로 빠져 드는 느낌이었다. 심환지의 말은 정약용이 밀고의 내용을 이미 알고 있었으며 그것은 정약용이 역모와 관련이 있는 게 아니겠냐는 섬뜩한 의미였던 것이다.

나를 역모자로 몰 속셈인가. 조선 천지에 정약용이 임금의 오른팔이라는 사실을 모르는 사람은 없다. 그런데 그런 나에게 왕을 죽이려는 음모에 가담했다는 혐의를 씌울 셈인가.

"그럼 저를 지금 가두시기라도 하겠다는 말씀이십니까?"

세종 즉위식에 참석한 이슬람교도

기록에 의하면 '성균관 학생들과 회회 노인과 승도들도 참석했다' 고 되어 있다. 여기서 회회 노인은 나이 든 사람이 아니라 아라비아 지방에서 온 이슬람교 성직자들을 가리킨다. 우리는 그 시절부터 이슬람교도들을 우대했는데 탈레반들, 이거 너무하는 거 아니야.

심환지는 고개를 저었다.

"어찌 참지를 증거도 없이 묶는단 말인가. 그건 나중에 따질 일이고 일단은 군졸들이 호위할 것이니 지금부터는 내 뒤를 따르게."

그 말이 그 말이었다. 잡아 두지는 않지만 호위를 붙여 발을 묶겠다는 말에 정약용은 치밀어 오르는 분노를 느꼈다. 처음부터 음모가 숨어 있었어.

그러고 보니 사정이 이해가 되었다. 어영청 사람의 밀고부터가 심환지의 계략이었던 것이다. 정약용은 자신을 감시하는 병졸들을 살펴보았다. 도합 넷. 그러나 단단한 체구와 눈빛으로 결코 만만한 자들이 아님을 알 수 있었다.

전하, 어쩌면 좋습니까. 답답한 나머지 눈물이 날 것 같았다. 이제 믿을 거라고는 김무신과 노빈손밖에 없었다. 모든 것을 운에 맡긴 정약용은 눈을 감았다. 정신이 맑기만 했다.

"참지 어른은?"

"어디 좀 가셨나 봐."

"나 참, 이럴 때 자리를 비우시면 어떻게 해?"

"글쎄 말이야."

부용의 말에 건성건성 대꾸하던 노빈손은 찬물이라도 뒤집어쓴 듯 정신이 번쩍 들었다.

"아까 병조라고 했어!"

조선시대 처녀 총각의 머리 모양

삼국시대부터 우리나라 미혼 남녀의 기본 머리 모양은 댕기머리, 즉 귀밑머리이다. 귀밑머리는 처녀의 상징이기도 했는데, 결혼하면 쪽머리로 바뀌었기 때문이다. 그 때문에 옛날에 혼인하면 어른들이 말하기를 귀밑머리나 풀고 만났는지 물어보곤 했다. 즉 처녀 총각끼리 만났느냐, 귀밑머리 맞풀어 언약한 사이가 맞느냐는 뜻이다.

"빈손, 그게 무슨 말이야?"

"병조에서 사람이 나와 스승님을 데려갔다고 했다고!"

"병조라면?"

"심환지 대감?"

합창하다시피 심환지의 이름을 떠올린 노빈손과 부용은 엄습해 오는 불안감에 몸을 떨었다. 노빈손은 근심 어린 표정으로 말했다.

"혹시 잡혀가신 건 아닐까?"

"설마."

"빨리 가서 알려야 해."

"누구한테?"

"있어."

노빈손은 설명해 줄 시간도 없다는 듯 급하게 발걸음을 옮겼다.

집중 탐구

– 배다리는 어떻게 만들어졌을까?

화성 행차에서 가장 어려운 항목은 한강을 건너는 일이었다. 건너는 것만이라면야 나룻배를 타면 되지만, 왕의 행차인데 그렇게 소박하게 할 수는 없다. 게다가 그 많은 인원이 건너가려면 먼저 강을 건넌 사람이 이틀 정도는 일없이 그 근처에서 놀면서 일행을 기다려야 한다.

한강을 건널 때 배다리를 놓는 게 이번이 처음은 아니었다. 양주에 있었던 사도세자의 무덤을 화성으로 옮길 때도 뚝섬에 배다리를 놓고 건넜다. 문제는 규모라는 말씀. 도대체 어떻게 한강에 다리를 놓고 2천 명 인원에 8백 필 말이 건널 수가 있었을까.

일의 진행을 순서대로 살펴보자.

1. 일단 담당 관청을 설치한다.

예나 지금이나 공무원들은 무슨 사업을 시행하기 전에 담당 부처부터 만들고 본다. 조선시대라고 다를 게 없다. 1789년, 주교사라는 담당 기구를 설치하고, 건너는 위치는 노량으로 정했다.

2. 관청이 생겼으면 그때부터 연구에 들어간다.

노량진에 70칸짜리 창고를 만들고 장비와 자재를 보관했다. 그러나 기술적인 문제가 계속해서 발목을 잡았고 작업을 위해 민가의 배를 동원하다 보니 민폐가 심했다. 이때부터 정조는 신하들과 본격적으로 다리를 놓는 방법을 연구하기 시작했다.

3. 뭐부터 해야 하나.

일단 설계도가 필요했다. 정조는 신하들에게 숙제를 내주었지만 제대로 해 온 사람이 없었다. 강가에 한 번 나가 보지도 않고 책상에 앉아 연구한 설계도가 제대로 그려졌을 리 없었다. 정조는 직접 『주교지남』이라는 책을 써서 기본 원칙을 제시했다.

4. 기획서를 수정하다.

왕이 직접 기획서를 쓰니 아래 신료들은 무안하고 민망했다. 그제야 강가에 나가 너비와 길이를 잰 신료들은 『주교지남』의 미비한 점을 개선하고 아이디어를 첨가해 『주교절목』이라는 책자를 완성했다. 펴낸 곳은 주교사, 설계도의 최종 수정자는 정약용이었다.

5. 담당자를 정해 준다.

일을 효율적으로 할 수 있게 해 줄 뿐만 아니라 책임지고 진행하기에도 좋다. 최고 책임자는 총융사이자 경기 감사인 서용보가 맡았다. 화성 행차 자체를 총괄하는 정리소의 총리대신으로는 영의정 채제공을 임명했다.

6. 준비가 끝났으면 시공!

배다리 건설은 2월 13일에 시작해서 2월 24일에 끝났다. 처음에는 20일 정도를 예상했지만 불과 11일 만에 끝났다. 일찍이 정조는 화성을 쌓으면서 "민심을 즐겁게 하고 짐을 가볍게 하는 데 힘쓰라. 혹시라도 백성을 병들게 한다면 비록 공사가 빨리 진행된다고 해도 그것은 내가 원하는 바가 아니다"라고 안전 제일, 백성 먼저의 작업 수칙을 공표하였다. 이 배다리는 조선시대 다리 역사의 획을 긋는 사건인 동시에 우리나라 과학 기술사의 한 페이지를 장식하는 쾌거였다.

정조가 만든 배다리 설계, 『주교지남』

정조 : 경들이 올린 배다리 설계도를 보았소.

신하들 : 성은이 망극하옵나이다.

정조 : 엉망이더군. 다들 이제껏 산수 공부도 해보지 않은 게요? 이 설계도에는 수학이나 산수는 고사하고 최소한의 근거도 없지 않소. 숙제하기 싫다고 이렇게까지 농땡이 피워도 되는 거요?

신하들 : 통촉하여 주시옵소서.

정조 : 강의 너비부터가 틀리지 않소. 무작정 한강의 너비를 400~500파(1파把는 177cm)라고 정하고 계산을 시작한 모양인데, 한강은 평소에는 200파 정도이지만 바닷물이 드나드는 것을 감안해 300파 정도로 생각하는 것이 옳을 것이오. 배 한 척의 너비를 5파로 보면 배 60척 정도로 충분하지 않소. 어째서 80~90척이나 필요하다고 적어놓은 것이요?

신하들 : 성은이 망극하옵니다.

정조 : 배 위에 깔 횡판의 개수도 그렇소. 어가 행렬의 너비가 4파이므로 횡판의 길이 역시 4파면 충분할 것이오. 횡판의 너비를 1/6파로 치면 강의 너비가 300파이므로 횡판은 1,800장이 필요하오. 배 한 척이 실을 수 있는 횡판은 300개 정도 되니 배 여섯 척만 있으면 1,800장을 운반하는 것이 가능할 것이라 보오. 중간 크기 소나무에서는 횡판 1개가 나오고 큰 소나무에서는 4개가 나오니 중간 소나무 300주, 큰 소나무 450주면 넉넉할 것이요. 그런데 이 설계도에 적혀 있는 소나무 5,000주는 뜬금없이 어디서 나온 것이요? 나무 한 그루도 모두 재산이거늘, 낭비하건 말건 무조건 넉넉하게 뽑으면 괜찮다고 생각하는 거요?

신하들 : 통촉하여 주시옵소서.

정조 : 똑같은 소리는 그만들 하시오. 그보다, 배를 한 척씩 대보며 연결하다가

는 한 척을 연결하는 데 반나절은 걸릴 것인즉, 미리 배의 너비와 높이를 꼼꼼히 기록해 두시오. 배다리의 가운데는 높고 강 양쪽으로 갈수록 낮아져야 보기에도 좋고 실용적이라오. 그러니 정중앙에 놓이는 배의 높이가 2파라 쳤을 때, 그 양 옆에는 조금 낮은 높이의 배를 배치하여 차례차례 완만해지도록 하시오. 또한 동원된 배의 선주들에게 적절히 보상을 해 주어 스스로 참여하게 하고, 건너고 나면 바로 해체하여 양민들에게 털끝만큼이라도 피해가 가지 않도록 하시오. 내 말 알겠소?

신하들 : 성은이 망극하옵니다.

정조 : 그 소리는 그만하래도!

멀뚱멀뚱 인터뷰

– **화성 행차**에 참석했던 사람들을 만나 보았습니다

안녕하십니까? 을묘년 화성 행차를 취재차 과거로 날아온 노빈손입니다.

1795년 윤 2월 9일, 이 날은 조선 역사에 길이 남을 역대 최고의 이벤트, 혜경궁 홍씨의 회갑연과 사도세자의 묘소 참배를 겸한, 우리에게는 화성 행차로 알려져 있는 '을묘원행'이 시작된 날입니다. 지금부터 제가 이 8일간의 화성 행차를 뒤따라가면서, 이 행사를 준비하는 현장 일꾼들의 생생한 목소리를 가감 없이~! 소상히~! 전하도록 하겠습니다. 준비는 다 되셨는지? 자아 그럼, 출발!

첫째 날

장용영 청룡기수 김삼불올시다. 숭례문을 지나 율원현(용산 근처)에 도착하니까 구경하려는 사람들로 꽉 차서 난리도 아니더군요. 아, 이 사람들아 밀지 좀 마! 줄 서! 임금님께서 구경꾼을 막지 말라 하시는 것이, 마마님의 환갑 잔치가 모두의 축제가 되길 바라시는 눈치였습니다. 노량 배다리 중간 홍살문

에 이르렀을 땐 말에서 친히 내리셔서 혜경궁 가마에 문안을 드리고, 시흥현 문성동 앞길에 도착하자 다시 행차를 멈춰 세우시더니 마마님께 직접 대추 삶은 물을 올리시더군요. 하여튼 우리 임금님 효성을 조선 팔도에서 따라갈 자가 있겠습니까? 시흥 행궁에 왔을 때는 이미 날이 저물고 있더군요. 사람들로 북적북적하는 곳을 행진하는 것은 즐거웠지만 깃발이 어찌나 무겁던지, 팔이 저려서 잠이 쉬이 오지 않더라구요.

둘째 날

정리소 자궁 수라 담당인 이해우입니다. 정리소가 뭐하는 곳이냐구요? 작년 12월에 생긴 화성 행사 전담 임시 기구랍니다. 저는 어가의 식사를 준비하지요. 오늘 아침 전하께 밥과 국, 조치(찌개)와 구이, 채를 한 그릇씩 올렸습니다. 혜경궁에는 팥밥과 명태탕, 조치, 구이, 편육, 젓갈 등을 드렸지요. 전하께오서 혜경궁의 상을 직접 살피시는 걸 보고 어머니를 생각하는 마음에 감탄하지 않을 수 없었답니다. 간식인 주다별반과와 야다소반과에는 주로 떡과 과일을 준비합니다. 식사에 간식에, 행차 진행 인원도 많고 워낙 챙길 것이 많아서 정작 저희는 매번 끼니를 늦게 먹게 되네요.

셋째 날

승정원에서 행 우승지를 역임하고 있는 이익운이라고 합니다. 전하께서는 화성에서의 첫 행사로 향교 참배를 선택하셨습니다. 전하의 높은 학식과 학문에 대한 사랑이야 문무백관 다 합쳐도 따라갈 사람이 없는 까닭이지요. 그 다음에는 낙남헌에서 특별 시험을 여셨는데, 혜경궁의 만수무강을 의미하는 '근상천천세수부'가 시험문제였고, 무과 시험으로는 활쏘기를 선택하셨습니다.

낮에는 봉수당에 들러서 회갑 잔치 리허설을 해보셨습니다. 정말 철저하게 준비하시죠? 혜경궁께서도 흡족해하시며 여령(궁중의 잔치에서 춤추고 노래하던 여자)들에게 상을 내리셨다고 합니다.

넷째 날

주상 전하의 행차시 임시 보디가드인 별운검 조진관입니다. 긴 여행이 힘겨우셨는지 혜경궁 마마의 목소리가 좋지 못하셔서 전하께서 심려하시더군요. 병조판서 심 대감에게 삼령차 한 첩을 달여 놓으라는 명까지 내리셨습니다. 현륭원에 도착하자 혜경궁 마마께서는 슬피 통곡하셨습니다. 사도세자께서 세상을 뜨신 지 벌써 서른두 해가 되었으나 세월이 간들 그 슬픔과 원통함이 덜어지기야 하겠습니까. 전하 또한 한참을 움직이지 않으셨습니다.

군사 훈련은 주간과 야간 두 차례 진행되었습니다. 실전을 방불케 하는 맹렬한 공격과 방어전을 지켜보신 전하는 매우 흡족해하시며 병사들에게 포목 등의 상을 내리셨습니다. 병사들 또한 감동하여 입을 모아 전하의 덕을 칭송했답니다.

다섯째 날

서울서부터 행차를 따라온 의녀 철옥입니다. 임금님이 기생들을 부르는 것을 금하시고 궁 내의 여종과 의녀들을 여령으로 부르셨습니다. 저 또한 머리에 화관을 쓰고 노란 단삼과 붉은 치마를 입고서 춤을 추었습니다. 연습 때 발이 자꾸 엉켜서 걱정했는데 실전은 어찌어찌 넘겼어요.

임금님은 이번에 사용한 연회 도구들을 잘 보관해 두라시며, 다가오는 갑자년에 혜경궁 마마의 칠순 잔치에도 그것들을 사용하시겠다고 말씀하셨습니다. 그때까지 마마님이 만수무강하시기를 소망하면서 말씀하신 거겠지요? 임금님은 회갑 잔치를 그린 병풍을 만들 것을 명하시고 연회를 준비한 사람들에게 푸짐한 상을 내리셨어요.

여섯째 날

행차 기록 담당 화원 윤석근입니다. 새벽부터 화성 안의 가난한 사람들에게 쌀을 나누어 주느라 행궁의 문가가 북적였습니다. 행궁의 정문인 신풍루에서는, 아이구 전하께오서 직접 쌀을 펴 주시는 것이 아니겠습니까? 뿐만 아니라 죽도 쑤어서 나누어 주셨는데, 혹시 부실할까 직접 들어 보시고 늦은 사람도 잘 챙겨 주라 당부하셨습니다. 이렇게까지 백성을 챙겨 주시는 임금님이 세상 어디에 또 있겠습니까? 6만 명의 화성 인구 중 족히 십분지일은 혜택을 받았습니다.

오전에는 낙남헌에서 양로 잔치를 벌이셨습니다. 영의정인 홍낙성을 비롯해서 나이 든 관료 15명과 화성에 사는 노인 384명이 초대를 받았습니다. 구경 나온 노인들에게도 술과 음식을 대접하니 모두가 감복하여 환호성을 했습니다. 저를 비롯하여 여러 화원들이 이 모습을 열심히 화폭에 그렸지요.

일곱째 날

임금님의 가마를 짊어진 박가올습니다. 이제 화성에서의 일정을 마쳤으니 궁으로 돌아가야지요. 임금님은 혜경궁 마마를 살피느라 가마보다 말을 주로 타셨습니다. 장용영 외영사 조심태 나리가 군사를 이끌고 진목정교까지 배웅을 나오셨습죠. 미륵현을 넘는데, 임금님이 천천히 가자시면서 좀처럼 발을 떼어 놓지 못하시더군요. 미륵현 고개를 넘으면 사도세자의 묘소인 현륭원이 보이지 않게 되니까 그러셨나 봅니다. 임금님은 이 자리를 '지지대'라 명명하시고 표석을 세우라고 명하셨습니다. 다시 일행이 움직이기 시작했으나 임금님의 마음은 여전히 그곳에 머물러 계신 듯하더군요.

여덟째 날

배다리 건설의 총 책임자인 주교당상 서용보입니다. 시흥을 지나시던 전하는 백성들을 나오라 하여 직접 항소를 들으시고, 잘못된 조처를 바로 잡으셨습니다. 그러는 한편으로 원자 마마(후에 순조로 즉위)께서 매일 두 차례씩 편지로 문안 올린 것을 자랑하시더군요. 편지를 직접 보이시기도 했는데, 하나는 혜경궁 마마의 회갑 피로연과 양로 잔치를 축하하는 것이었고 또 다른 하나는 전하의 귀환을 기뻐하는 글이었습니다. 전하는 수고했다며 제게도 곡식을 하사하시고, 배로 생계를 잇는 사람들을 배려하여 내일 바로 다리를 철거하라고 명하셨습니다.

노랑 주교의 결투

어가는 다리 중간을 통과하고 있었다. 김무신은 말에 탄 채 깜빡깜빡 졸았다. 내색은 안 했지만 정약용이 임금에 대한 음모를 귀띔해 줬을 때부터 그는 초긴장 상태였다. 행차 기간 동안 김무신은 거의 잠을 자지 않았고 임금의 일거수일투족에 집중했다. 체력이 바닥나지 않았다면 그게 더 이상할 일. 다리만 건너면 한양은 금방이다. 멀리서 이상하게 생긴 녀석이 달려오고 있었다.

"헉헉, 대장님, 안녕하세요?"

"너는 감자, 아니 참지 어른 제자 아니냐."

"헉헉, 스승님이 잡혀 가셨어요."

"무슨 소릴 하고 있는 거야. 참지가 왜 잡혀 가?"

"헉헉, 그게 좀 복잡한데요, 헉헉, 병조에서 사람이 나와 붙들어 갔대요."

조선시대의 주민등록증 호패
신분을 증명하는 역할을 하는 나무 조각. 조선시대 16세 이상의 남자가 차고 다녔다. 그 목적은 호구를 명백히 하여 백성의 수를 파악하고, 직업과 신분을 분명히 하는 것이었다. 한편 세금을 거두어 들이는 중요한 기준 자료였다. 따라서 호패를 받으면 군적에 이름이 오르고, 호역도 져야만 했으므로 백성들은 이를 기피하였다.

"제 스승을 닮아 마음만 앞서는 놈이군. 숨이나 좀 쉬고 말해라. 그리고 병조면 제 발로 그냥 갔겠지, 왜 잡혀 가."

답답했던지 부용이 살짝 끼어들었다.

"안녕하세요."

"얜 또 뭐야?"

"저도 참지 어른 제자인데요."

"어디다 몰래 서당이라도 차린 거야? 무슨 제자가 끝도 없이 나타나?"

"제가 끝이에요. 참지 어른을 심환지 대감이 데려가셨어요."

길고 복잡한 설명보다 부용의 한마디가 더욱 위력이 있었다. 심환지라는 이름에 김무신의 눈빛은 예민하게 반응했다.

"방금 심환지 대감이라고 했느냐? "

"참지 어른이 만약 자기가 자리를 비우게 되면 즉각 대장님께 알리라고 하셨어요. 그래서…."

별안간 쿵! 하는 진동음과 함께 다리가 심하게 흔들렸다. 놀란 말들이 푸드득거렸고 악공들이 일시에 연주를 중단하자 다리 위에는 짧은 정적이 찾아들었다.

"무슨 일이냐?"

"세워라! 폭탄이다!"

행렬은 뒤엉켰고 기다렸다는 듯이 고함 소리와 비명 소리가 터져 나왔다. 김무신은 칼자루에 손을 얹은 채 어가부터 살폈다. 어가 속 임금은 아무런 기색도 하지 않았다. 임금의 친위대가 순식간에 가마를 에워쌌다. 노빈손과 부용은 놀란 나머지 그 자리에서 얼은 듯 굳어 버렸다. 이런 일이 정말로 벌어지다니.

"여기 가만히 있어라."

김무신은 조심스럽게 걸음을 내디뎠다. 홍살문 밑에서 푸른 연기가 피어오르고 있었다. 폭탄이 틀림없다. 그러나 연기만 물씬할 뿐 불길이 솟지 않은 것으

홍살문은 왜 세웠을까?
홍살문은 궁궐이나 관아 혹은 묘 앞에 세웠다. 둥근 기둥 2개 사이에 화살 모양의 나무들이 나란히 끼워져 있고 가운데에는 태극 모양이 그려져 있는 붉은색 문이다. 한국민족문화대백과사전에 의하면 이 홍살문을 언제부터, 왜 세웠는지에 대한 기록이 없어 확실한 것은 알 수 없지만 세워진 장소로 보아 경의를 표해야 하는 곳에 세웠던 것이라고 추측하고 있다.

로 보아 제대로 점화가 되지 않은 것 같았다. 순간 배 밑에서 온몸이 피로 범벅이 된 사내가 모습을 드러냈다.

"저놈이다!"

고함 소리와 함께 사내에게 달려가던 김무신은 사내의 손에 들린 공 모양의 폭탄을 보고 그 자리에 멈춰 섰다. 헉, 저것은 비격진천뢰? 임진왜란 때 왜병들의 간담을 서늘하게 했던, 무기 개발의 천재 이장손이 고안한 폭탄이다. 화포 없이 손으로 던질 수 있고 목표물에 날아가 부딪히면 그대로 터져 버리는 치명적인 무기다. 비격진천뢰를 어가에 던진다면? 근처에서 폭발한다고 해도 임금의 옥체는 보장할 수 없었다.

"무슨 일인가?"

침통한 표정으로 행렬을 따르던 정약용은 정신이 번쩍 들었다. 분명 무슨 소리를 들었다.

병사 중의 하나가 짧게 대답했다.

"알 수 없지만 사고가 난 것 같습니다."

"주상 전하는?"

"그건 모르겠습니다."

이자들에게 그걸 물은 내가 잘못이지. 정약용은 병사들을 뿌리치고 앞으로 뛰어나가려 했다. 병사 둘이 재빨리 정약용을 잡아 앉혔다.

"심환지 대감의 명입니다. 그대로 계십시오. 계속 불편하게 하신다면 이 칼로 다스릴 겁니다."

칼이 무서워서가 아니었다. 팔을 잡고 있는 병사들의 완력이 너무 세서 정약용은 마치 포승에라도 묶인 듯 꼼짝할 수 없었다.

"이놈들! 놔라. 이 팔을 놓으란 말이다!"

발버둥을 치며 정약용은 고함을 질렀다. 그럴수록 팔에 가해지는 힘은 더욱 거세어졌다. 눈물이 주르르 흘렀다.

"전하! 전하!"

고함 소리는 어느새 통곡으로 변해 있었다.

옛날 이야기에 꼭 등장하는 호랑이

요새는 호랑이가 멸종 위기라고 말이 많지만, 옛날에는 실로 공포의 대상이었다. 인조 때에는 평안도 의주에서 호랑이가 떼로 성 안에 밀려와 사람을 해친 일이 있었고, 숙종 때에도 6,7년 사이에 강원도에서 3백여 명이 물려 죽었다는 기록이 있다. 이 때문에 관청의 전령도 끊기고, 사람이 길을 다니지 못하다가 급기야 한 마을이 폐쇄되는 일도 있었다고 한다.

칼을 든 사내

비격진천뢰를 든 사내는 넋이 나간 듯했다. 방향 감각을 잃은 듯 초점 없는 눈알을 사방으로 굴려 대고 있었다. 병사들도 그 처절한 모습에 기가 질렸는지 선뜻 다가서지 못하고 애꿎은 창만 흔들어 댈 뿐이었다.

일단 저자부터 막아야 한다. 병사들을 뚫고 김무신은 사내에게 다가갔다. 그리곤 그동안 숨겨 두었던 비장의 카드를 내놓았다. 박치기였다. 짐승이든 사람이든 이제껏 그의 박치기에 온전할 수 있는 것은 아무것도 없었다. 양반으로서 차마 할 수 있는 일은 아니었지만 임금을 위해서는 체통도 체면도 모두 필요 없었다. 퍽! 바람을 가르는 소리와 함께 김무신의 머리가 내려 꽂혔다.

"흐윽."

콸콸콸콸, 쌍코피를 폭포수처럼 내뿜으며 사내는 쓰러졌다. 바닥에 떨어진 비격진천뢰를 본 김무신은 망설임 없이 몸을 날려 폭탄을 감싸 안았다.

구경꾼들은 강변에만 있는 것이 아니었다. 강 위에는 수십 척의 배들이 멀찌감치 떨어져 행렬을 구경하고 있었다. 멈춰 서 있던 배들 중 하나가 서서히 배다리 쪽으로 움직이기 시작했다. 이물(배의 앞머리)에서 배다리의 소동을 바라보던 홍묘의 얼굴이 일그러졌다.

복숭아꽃 살구꽃 아기 진달래
요즘은 서구식에 길들어서 미인을 장미꽃에 비유하지만, 조선시대의 장미는 그저 담장에 기대어 피는 연약한 꽃으로 인식되었다. 꽃구경을 갈 때 주로 보러 다니는 아름다운 꽃 하면 복사꽃, 바로 복숭아꽃이었고 그래서 복사꽃이 만발하는 무릉도원이 천상의 낙원으로 상상되었던 것이다.

"바보 같은 놈들."

분했다. 폭탄이 터지고 배다리가 끊어지면서 치솟아 오르는 물기둥을 기대하고 있었는데 이 무슨 낭패인가.

곁에 있던 수하들이 조심스럽게 물었다.

"어떻게 할까요? 나리."

홍묘는 단호했다.

"직접 친다. 이번 기회를 놓치면 다음은 없다."

"알겠습니다. 얘들아, 연장 챙겨라."

이미 홍묘와 생사를 같이 하기로 약속이 되어 있었던지 일말의 동요도 없었다.

수하 중 하나가 발밑에 놓인 천을 걷어 냈다. 마치 무기고를 통째로 옮겨다 놓은 듯 시퍼런 병기들이 가지런히 놓여 있었다.

폭탄은 다행히 불발이었다. 노빈손은 십 년 감수했다는 듯 연신 안도의 한숨을 내쉬었다. 몸을 일으키려던 김무신은 다리 어딘가에 부상을 입었는지 이맛살을 찌푸렸다.

"대장님, 많이 다치셨어요?"

"그럼 네 눈에는 내가 성한 것으로 보이냐?"

"쫌 상해 보이기는 합니다."

"이런 고얀 놈!"

군사들을 가득 태운 배 한 척이 배다리에 밧줄을 끌어매고 있었다. 군사들의 행동은 민첩했지만 이상

야단법석이란 어디서 나온 말일까?
야외에 자리를 마련하고 부처님의 말씀을 듣는다는 뜻이다. 법당에 공간이 넉넉하지 못할 만큼 사람이 많으므로 밖에 자리를 펴는 것이다. 그러니 얼마나 혼잡했겠는가. 이처럼 시끌벅적하고 정신없는 상황을 '야단법석'이라 하였다.

하게도 하나같이 무표정한 것이 다리 위의 사람들과는 너무나 달랐다.

노빈손은 고개를 갸우뚱하며 말했다.

"대장님, 저기 좀 보세요. 좀 이상해요."

"어디?"

"저기 저 배요."

배다리에 몸체를 고정시킨 배에서 군사들이 올라오고 있었다.

"이상하긴 뭐가 이상해. 정말 이상한 놈일세."

뭔가를 세고 있던 부용은 떨리는 목소리로 더듬거렸다.

"배가… 배가… 한 척 더 많아요. 위호선은 모두 열두 척인데 지금은 열세 척이에요."

"뭐라고?"

과연 배에서 오른 군사들의 움직임은 이상했다. 어가를 둘러싸고 있던 친위대 앞을 슬그머니 가리면서 길을 열고 있었던 것이다.

"저놈들, 저거 뭐하는 거야."

순간 노빈손의 시선을 끌어당기는 인물이 있었다. 어디서 보았더라?

"맞다! 그 사람!"

"뭐가?"

"지난번에 폭탄 창고에서 마주친 사람이에요."

"폭탄 창고라니, 도대체 무슨 말이야?"

"그때는 군복이 아니라 도포를 입고 있었어요."

노빈손의 손은 홍묘를 가리키고 있었다. 어디서 힘이 났는지 벌떡 일어선 김무신은 한쪽 다리를 절면서 홍묘에게 다가갔다. 예상대로 배에서 올라 온 군사들이 김무신을 막아섰다. 김무신이 칼을 휘두르자 놀라며 뒤로 물러섰다.

휘익!

홍묘는 힐끗 김무신을 쳐다보았다. 김무신이 돌진했지만 홍묘가 한 수 빨랐다. 홍묘는 김무신을 바닥에 잡아 누르고는 군사들을 향해 소리쳤다.

"의금부에서 나왔다. 임금을 시해하려는 역모다. 즉시 역도들을 포박하라."

폭탄 소리와 함께 달려온 조심태와 장용영 군사들은 어리둥절한 표정이었다. 조금 전까지 어가를 호위

왕의 유모

원자가 태어나면 젖이 풍부하고 심성이 고운 여성 중에서 유모를 선발했다. 왕실이나 형편이 좋은 양반가의 여성들이 주로 뽑혔는데 당연히 자기도 젖먹이를 가지고 있는 사람이어야 했다. 한정된 젖으로 자기 아이와 원자를 동시에 키우다 보면 유모의 아이는 젖을 못 먹어 죽는 일도 있었다고 한다. 그러나 대우는 특별해서 종1품의 품계와 봉보부인이라는 칭호를 받았다.

하던 김무신이 역도라니. 그러나 방금까지 김무신은 분명 군사들을 해치지 않았던가. 그 사실만으로도 김무신은 오해를 피할 방법이 없었다. 지켜보던 노빈손은 답답해서 속이 터질 것만 같았다. 자기가 나서서 아무리 아니라고 해 봐야 씨알도 안 먹힐 상황이다. 이거 어쩌면 좋냐.

순간 노빈손의 머릿속에 엉뚱한 생각 하나가 떠올랐다. 통할까. 에라, 이판사판이다. 바닥에 떨어져 있던 칼을 집어 든 노빈손은 슬금슬금 어가로 접근했다. 아니나 다를까 군사 하나가 달려와 노빈손을 사정없이 때려 눕혔다. 노빈손은 이때다 하고 홍묘를 향해 절규하듯 외쳤다.

"아리가토 고자이마쓰. 고멘나사이!"

갑자기 터져 나온 일본 말에 군사들은 술렁거리기 시작했다.

"이건 또 뭐야?"

"왜나라 말 아닌가."

노빈손의 한마디는 상황을 반전시켰다. 노빈손의 행동은 마치 홍묘에게 구원을 청하는 것처럼 보였던 것이다. 노빈손은 목이 터져라 외치고 또 외쳤다.

"이랏샤이맛쎄, 이랏샤이맛쎄!"

장용영의 군사들은 서서히 냉정을 되찾고 있었다. 홍묘를 보는 시선도 의혹으로 바뀌었다. 조심태는 큰소리로 외쳤다.

"아무래도 수상하다. 의금부고 뭐고 간에 장용영의 군사들은 낯선 군사를 전부 포박하라!"

홍묘의 얼굴이 일그러졌다. 더 지체할 수 없다는 듯 품 안에서 단도를 꺼낸 홍묘는 어가로 돌진했다.

"저 놈 잡아라!"

군사들이 어가 쪽으로 달려왔지만 홍묘를 따라잡기에는 역부족이었다. 칼을 앞세운 홍묘가 어가로 뛰어드는 순간, 누군가 몸을 날려 앞을 가로막았다.

아니!

노빈손은 눈을 의심했다. 홍묘와 함께 바닥에 뒹군 사람은 다름 아닌 김홍도였던 것이다. 손에 칼, 아니 붓을 든 김홍도는 홍묘의 밑에 깔린 채 고통스런 신음을 토해 내고 있었다. 부딪히는 순간 칼에 찔린 것 같았다.

"아버지?!"

빌라도만 손을 씻었을까?
성서 영화를 보면 로마 총독이었던 본디오 빌라도가 예수에게 형을 선고한 뒤에 손을 씻는 장면이 나온다. 자기는 예수의 죽음과 관계가 없다는 것을 상징적으로 보여주려는 행동이다. 정조의 할아버지였던 영조도 사형을 판결하고 나면 꼭 손을 씻었다고 한다. 남의 목숨을 거두었는데 찜찜하기도 했겠지.

부용은 입에 손을 가져다 댄 채 믿기지 않는다는 표정을 지었다. 홍묘는 천천히 몸을 일으켰다.

이미 군사들은 어가를 둘러싼 채 창을 겨누고 있었다. 홍묘가 아무리 무술이 뛰어나더라도 넘을 수 없는 방어선이었다.

"역도는 오라를 받으라!"

홍묘는 힘없이 웃었다. 그리고는 마치 남에게 말하듯 중얼거렸다.

"…천운이구나."

하늘을 한번 올려다본 홍묘는 손에 들고 있던 작은 환약을 입 안에 털어넣었다.

"잡아!"

틈을 주지 않고 홍묘는 대뜸 다리 밑으로 몸을 던졌다.

수영에 능한 군사들이 따라 들어가 홍묘를 건져 올렸지만 이미 숨이 끊어져 있었다.

부용의 무릎을 베고 누운 김홍도는 가쁜 숨을 몰아쉬고 있었다. 가슴 아래는 온통 피투성이였다. 마치 임종이라도 하는 듯한 분위기에 노빈손도 덩달아 숙연해졌다.

"아버지!"

닭똥 같은 눈물이 부용의 눈에서 떨어졌다.

"아버지, 제가 잘못했어요. 다신 안 그럴 테니까 제발 일어나세요."

김홍도는 물끄러미 부용을 바라보았다.

"이제는 시키는 것만 하고, 하지 말라는 건 절대 안 할게요."

김홍도는 엷게 웃었다. 처음 본 미소 같았다. 김홍도의 미소에 부용의 울음소리가 높아졌다.

"부용아!"

"흑흑, 아버지!"

"미워서 그런 게 아니다."

"네? 그게 무슨 말씀이세요?"

"네가 너무 잘나서, 내 딸이지만 너무 똑똑해서 그랬다. 네가 할 수 있는 일이란 게 뻔히 정해져 있는데 괜히 오르지 못할 나무를 쳐다보다가 상처 받을까 봐, 그래서 그런 거란다."

부용은 꺽꺽 울었다.

"왜 이제야 그런 말씀을 하시는 거예요. 그런 줄도 모르고 전…."

말을 잇지 못하던 부용은 기어이 김홍도를 붙잡고 대성통곡을 했다. 노빈손도 콧날이 시큰해졌다. 그러기에 평상시에 대화를 좀 하시지. 왜 꼭 나중에 후회하는지 몰라.

다리를 절룩이며 다가온 김무신은 오열하는 부녀를 보더니 퉁명스럽게 말했다.

"가관이구먼. 자네 지금 뭐하는 건가?"

재미있는 궁궐 회의
사극 드라마를 보면 왕이 신하들과 회의를 하는 장면이 자주 나온다. 회의를 가장 잘했던 왕은 영조라고 한다. 중요한 회의일 경우 결론이 날 때까지 밤늦도록 계속했는데 이때 식사 시간이 되면 자기만 가서 밥을 먹고 왔다. 신하들은 그동안 쫄쫄 굶어야 했고 당연히 체력을 보충한 왕이 유리했을 것이다. 혹시 그것도 전략? 좀 치사한 감은 있네.

"네?"

"거기 누워 뭐하는 거냐고."

김홍도는 손가락으로 가슴 아래를 가리켰다.

"칼에 맞지 않았습니까…."

김무신은 짜증 난다는 투로 말했다.

"정신이 오락가락하는 모양이군. 칼은 무슨 칼."

대뜸 손에 든 것을 내보였다. 홍묘가 들고 있던 단도였다.

"근처에서 주웠네."

김홍도는 당혹스러운 표정을 지었다.

"칼에 찔린 게 아닙니까? 그럼 이 피는요?"

"그거야 모르지. 넘어지면서 어디 다른 사람 게 묻었나?"

"네?"

"빨리 일어나게. 전하께서 찾으시네. 에잉, 정말로 아파 누울 사람은 난데 말이야."

김홍도와 부용은 황당한 얼굴로 마주보았다. 벌떡 일어난 김홍도는 옷을 걷고 상처를 살폈다. 정말로 찢긴 곳은커녕 멍든 자리도 없었다.

"어, 이상하다. 분명 칼에 찔렸는데?"

"그게요, 심리적인 거래요. 제가 어디선가 읽었는데 총에 맞았다고 생각하는 순간 멀쩡한 사람이 심장마비로 죽은 경우도 있다고 하더라구요."

눈치 없이 끼어든 노빈손을 김홍도가 째려보았다.

어른으로 임명합니다

인간이 살아가면서 꼭 거쳐야 할 4가지 통과의례를 관혼상제라고 불렀다. 즉 관례, 혼례, 상례(장례), 제례(제사)를 뜻한다. 이 중 첫 번째가 바로 성인식인 관례이다. 남자는 관례라고 하여 상투를 '짜'고 여자는 계례라고 하여 쪽을 '쪘'다. 보통 결혼 전에 하는 것으로 남자는 보통 15~20세 무렵에 하나 세자의 경우 10세 전후에 관례를 올렸다.

유언이라도 하듯 속마음을 다 털어놓았던 김홍도는 표정 관리가 잘 안 되는 모양이었다. 공연히 헛기침만 해댔다.

"…민망하군. 흠흠."

부용은 그저 웃기만 할 뿐이었다. 멀리서 정약용이 헐레벌떡 뛰어오고 있었다.

X-파일

– 정조의 **의문의 죽음**을 파헤친다

정조 임금님이 돌아가셨다. 49세라는 한창 나이에, 사망 원인으로 알려진 종기가 등에 난 지 이십여 일 만에, 갑작스럽게. 수상해. 당시 상황이 자연스럽지 못한 게 많아. 그래, 이대로 있을 수만은 없어. 나 노빈손이 셜록 홈즈 빰칠 만큼 뛰어난 두뇌로 사건을 속속들이 파헤쳐 주지!

누가 왕을 죽였는가?

노빈손 : 정조 임금님이 살아 계실 적에 얼마나 기록을 꼼꼼히 챙기셨는지는 모두들 아는 사실입니다. 그런데 정작 『정조실록』은 임금님의 마지막 순간을 상세히 기록하지 못하고 유시(오후 5시~7시)에 주상이 창경궁 영춘헌에서 승하하셨다고 모호하게 적고 있어요. 이때 도대체 무슨 일이 있었던 겁니까?

제보자 : 저, 이걸 제가 말했다고는 알리지 말아 주세요. 신분이 밝혀지면 전 큰 일 납니다. 카메라 녹음기 다 꺼주세요. 크흠.

정조 24년 벽두부터, 전하께서는 가슴이 답답하다고 종종 말씀하셨습니다. 전하께 홧병이 있다는 사실은 누구나 다 알고 있었습니다. 사도세자 저하의 죽음에 외가가 깊이 관련되어 있고, 그 중심에 계신 것이 혜경궁 마마셨잖습니까. 아버지의 한을 갚자니 어머니가 울겠고 어머니를 위하자니 아버지가 울고, 그 악순환을 생각하면 임금님께서 우실 만한 상황이었지요. 그해 1월 10일에 전하께오서 전교를 내리셨습니다. 가슴이 답답하여 잠을 잘 이루지 못하니 현륭원을 찾아야겠다는 내용이었습죠. 답답하실 때마다 사도세자의 묘소를 찾곤 하셨거든요.

노빈손 : 그전부터 몸 상태가 좋지 않으셨다는 말씀이로군요. 한데 임금님이 돌

아가신 것은 종기 때문 아닙니까?

제보자 : 그렇습니다. 같은 해 6월 초순, 등허리에 종기가 나셔서 붙이는 약을 처방했사오나 차도가 없었습니다. 의원을 불러들여 종기에 대해 물었으나 의원은 나아지고 있다는 말만 반복했고, 전하께서는 직접 처방과 약 제조를 관리하기 시작하셨습니다. 우리 임금님의 의학 지식은 전문가 뺨칠 정도였으니까요.

노빈손 : 학식이 뛰어나신 줄이야 일찍이 알고 있었지만, 의학에도 조예가 있으셨던 겁니까?

제보자 : 그렇습니다. 그러나 그것만이 이유는 아닙니다. 전하는 자신의 환부를 대신들은 물론 의관들에게도 보이려 하지 않으셨습니다. 워낙 주위에 적이 많으니, 어디까지가 적이고 아군인지 분간하기 어려우셨던 게지요. 어의가 자주 교체되었던 것도 그 때문입니다. 그들이 매수될까 염려하셨거든요.

새 어의로 들어온 이시수는 피를 맑게 만드는 보약인 경옥고를 처방했습니다. 전하는 그 약이 자신의 체질에 맞지 않는다며 거절하셨지만, 상태가 차도를 보이는 듯하자 결국 경옥고를 드십니다. 그러나 그날 밤 잠을 쉬이 이루지 못하셨습니다.

노빈손 : 그럼 마지막 날의 상황은 어떠했습니까?

제보자 : 선왕께서는 몸 상태가 좋지 않으신 그날까지도 업무를 손에서 놓지 않으셨습니다. 오전에는 새로 임명한 관료들을 접견하셨으나, 오후가 되자 상태가 급속도로 악화되셨지요. 전하께오서 너무도 아파하시자 정순왕후 대비 마마께서 영조 전하께 처방했던 약을 들고 오셨습니다. 스스로 약을 올리겠다며 신료들을 방 밖으로 내보냈지요. 잠시 후 곡소리가 안쪽에서 들려왔습니다. 그게 마지막이었습니다.

노빈손 : 정순왕후와 정조는 사이가 안 좋았다고 하지 않았습니까?

제보자 : 예, 대비 마마는 선왕 전하의 반대편에 서 계셨지요. 이상한 것은 그뿐만이 아닙니다. 왕의 임종이 다가오면 궁궐과 수도의 군사들에게 특별 경계령이 떨어지고, 임종을 지키기 위해 대신들이 궁궐로 들어옵니다. 결혼하여 떠났던 자녀들이 입궐하는 것은 물론이구요. 또한 이때 반드시 지켜져야 하는 법도가 있는데, 그것은 왕이 죽을 때 여인의 손에서 임종을 맞지 않는다는 규칙입니다. 유언을 날조하는 사태를 막기 위해서지요. 그래서 설령 애첩의 처소에서 치료를 받더라도, 죽음의 징조가 보이면 신료들이 외전으로 모시는 것이 법도였습니다.

노빈손 : 아니 그런데 왜 그때는 막지 않으셨습니까?

제보자 : 궁의 최고 어른이신 대비 마마이신데 저희들이 무슨 힘이 있겠습니까. 설마 곧바로 돌아가실 줄은 몰랐던 게지요. 이후 전하가 독살 당하신 것이라는 소문이 돌기 시작했습니다. 연훈방 처방을 건의한 심인은 노론의 우두머리 심환지의 친척이라는 점에서, 내의원 제조 이시수는 싫

다는 경옥고를 끝까지 먹이려 들었기 때문에, 정순왕후 마마는 국가의 예법을 무시하고 홀로 임종을 지켰다는 이유로 후보자 물망(?)에 올랐지요. 그러나 결국 확실한 것은 밝혀지지 않았고 모든 것은 흐지부지 되었습니다.

노빈손 : 예, 200년이 지난 지금까지도 정조의 죽음에 대한 설은 분분합니다. 원래 건강이 안 좋았으니 자연사다, 독살이다, 학계에서도 주장이 각기 다르지요. 으음··· 진실은 과연 어디에?

독살설의 의문을 남긴 임금들

독살설의 밑바탕에는 음모 이론이 깔려 있다. 아무도 의심하지 않았던 사건을 놓고 '사실은 말이지···'로 시작해 상식과 예상을 뛰어넘는 이야기로 전개되는 것이 음모 이론이다. 가령 63빌딩을 세운 진짜 이유가 유사시에 한강 다리 밑에 있는 태권브이를 발사하기 위해서라든가, 사실 지구는 외계인들이 공동으로 이용하는 콘도라든가 하는 얘기 등이 여기에 해당된다.

음모 이론도 나름대로 일정한 패턴이 있는데, 왕의 독살설이 나돌 때는 몇 가지 공통적인 요소들이 등장한다. 일단 왕에 반대하는 당파가 존재하고 왕의 사후에 그들이 집권해야 한다. 왕이 죽은 후 혐의를 받더라도 이를 물리칠 수 있는 정치적인 힘도 필수다. 반대로 독살 소문이 돌지 않는 경우는 왕의 힘이 너무 약해서 도저히 당파를 어찌해 보지 못하는 상황이다. 정조의 아들인 순조에서 헌종, 철종으로 이어지는 3대는 말만 왕이었지, 그 힘이 미약하기 짝이 없었다. 당연히 독살설 같은 건 나오지 않았다.

정조 다음으로 독살설이 유력한 임금은 고종이다. 고종은 일제에 저항하기 위해 해외 망명을 시도하고 있었다. 『고종실록』에는 고종이 1919년 1월 21일 사망했다고 되어 있지만 진짜 사망일이 그 날인지 불분명하다. 고종의 임종을 지켜

본 사람이 이완용 등 친일파뿐이었기 때문이다.

독살에 사용되는 약재나 음식은 매우 다양하다. 인종은 계모 문정왕후가 대접한 다과를 먹은 후 병세에 시달리다 죽었고 선조는 찹쌀밥을 먹고 사망했다고 한다. 경종은 게장과 생감, 인삼차를 먹고 사망한 것으로 알려졌다. 이때는 영조가 배후 조종 인물이라고 소문이 돌기도 했다.

독살은 아니지만 의문의 죽음을 맞은 왕이 또 있었으니 바로 효종이다. 실록에 따르면 효종은 머리에 난 작은 종기에 침을 맞다가 숨졌다. 이상한 것은 당시 침을 놓은 어의 신가귀가 손을 떠는 수전증 환자였다는 사실이다. 요즘으로 따지면 수전증을 앓고 있는 대통령 주치의가 대통령을 수술한 격이다. 결국 신가귀는 효종의 뒤를 이은 현종 즉위 후 사형을 당하고 말았다. 이로써 진실은 또 저 너머에….

“다 모이셨는가?”

“아직 박제가 어른께서 안 오셨어요.”

“하여간 그 형님, 시간 안 지키는 건 알아줘야 해.”

규장각에서는 때 아닌 잔치가 열렸다. 정약용이 불러 모은 이 자리는 정조의 성공적인 화성 행차를 자축하고 수고한 사람들을 위로하기 위한 것이었다.

“스승님, 원래 이런 자리는 뒤에다가 현수막을 거는 거 아니에요?”

“현수막이라니 그게 뭐냐?”

“뭐 이런 거 있잖아요. ‘경축! 노빈손 성균관 특별 입학!’ 같은 거요.”

“뭔가 했네. 니가 써 붙이든가.”

출출한지 김무신이 배를 쓰다듬으며 말했다.

“말로 다 할 거요? 뭐 좀 먹어 가면서 합시다.”

정약용은 옆에 있던 꾸러미를 가운데로 밀어 놓으며 엄지손가락을 세워 보였다.

“위에서 내리신 거요.”

김무신은 적이 놀란 눈치였다.

“아니 그럼 전하께서도 이 자리를 아신다는 말씀이오?”

“시간이 되면 들르신다고 하셨소.”

상감마마 뒤를 졸졸, 내시
환관, 화자, 내관이라고도 한다. 선천적 거세자가 대부분이었지만 스스로 거세하여 내시가 된 사람도 많았다. 내시는 원래 직위인데 궁궐 안에서 근무한다고 하여 붙여진 이름이다. 지금의 서울 효자동엔 내시, 즉 화자가 많이 살아 화자동이라 불렸다.

"어허, 그럼 진작에 이야기를 했어야지."

김무신은 허둥지둥 옷매무새를 가다듬었다.

"빈손아, 이건 네 선물이다."

"이게 뭔데요?"

"네가 찾던 책이다. 『원행을묘정리의궤』."

"어, 이 책은 없는 책이라고 하셨잖아요."

"내가 쓰고 있었지. 아니, 쓴다기보다 정리하는 중이었다는 말이 맞겠군. 얼마 전 작업을 끝냈단다. 아참, 책 뒤에다 몇 글자 적었다. 나중에 보렴."

노빈손은 두 손으로 공손히 책을 받았다. 정약용은 노빈손과 부용을 번갈아보며 말했다.

"이 책은 너희들이 없었더라면 세상에 나오지 못했을 거다. 임금님께 무슨 일이 생겼다면 당연히 기록할 필요가 없었을 테니까."

"그럼 저도 이 책 나오는데 한몫 한 거죠?"

노빈손은 책을 펼쳐 내용을 뒤적거렸다.

"그림도 있네요?"

김홍도가 어깨를 으쓱해 보였다.

"다 해서 112장이지. 모두 내 조수들이 그린 거다."

김무신이 김홍도를 놀렸다.

"칼 맞은 자리는 괜찮은가?"

"나리, 너무하십니다."

김홍도의 얼굴이 빨개졌다. 부용은 아버지 곁에 앉아 이제껏 본 것 중 가장 행복한 표정을 짓고 있었다. 그림을 훑어보던 노빈손이 볼멘소리를 했다.

"아저씨, 이 그림 왜 이래요?"

노빈손이 가리킨 것은 노량 주교를 건너는 어가 행렬 그림이었다.

"어디가 어때서?"

"제가 빠져 있잖아요."

"인물 하나 때문에 그림 다 버리겠다고 하기에 내가 빼라고 했다."

동궁마마는 누구?
왕세자를 말한다. 왕세자의 거처가 동쪽에 있었기 때문에 생긴 말. 그래서 왕세자의 거처를 동쪽에 있는 궁궐이라는 뜻의 동궐이라고도 했다. 동쪽은 해가 뜨는 쪽이니 다음 세대의 왕이 있는 곳이라는 뜻이기도 하다. 계절이 시작된다는 의미로 봄을 뜻하는 춘궁이라고 부르기도 했다.

헉! 정약용은 노빈손의 반응에도 아랑곳 없이 설명을 달았다.

"원래 의궤는 다섯 부 정도만 만드는 게 보통인데 이번에는 백 부나 만들었단다. 그만큼 중요한 행사였다는 말씀이지."

김무신도 책이 탐나는 모양이었다.

"나도 하나 얻읍시다."

"이 아이는 몇 달 전에 예약을 했소. 그런데 빈손아, 문제가 생겼다. 이 양반도 너를 제자로 삼겠다지 뭐냐. 배다리 위에서 네가 했던 활약 비슷한 것이 마음에 들었다나 뭐라나."

"네에?"

노빈손은 기겁을 했다. 정약용 하나만으로도 벅찬데 김무신까지? 김무신은 정약용을 흘겨보았다.

"어허, 그건 군사기밀이니 이야기하지 말라니까."

김무신은 갑자기 생각난 듯 물었다.

"어 참, 그때 다리 위에서 왜나라 말로 소리 지를 생각은 어떻게 한 거야?"

"원래 도둑 들었을 때도 '도둑이야!' 하면 사람들이 다칠까 봐 안 나오잖아요. 그때 '도둑이야!' 대신에 '불이야!' 하는 것을 응용했다고나 할까…."

성실하게 대답하던 노빈손은 말꼬리를 슬그머니 내렸다. 김무신의 눈빛이 심상치 않았던 것이다. 그 눈빛은 마치, 저 아이를 꼭 내 제자로 만들고 말겠어, 라고 말하는 것 같았다. 아아, 도대체 이 어른들은 왜

노비가 땅을 사고 팔아?
조선시대의 토지매매 문서를 보면 놀랍게도 팔고 사는 사람이 노비인 경우가 많다. 양반이 돈을 가지고 직접 사고 파는 행위를 하는 것을 옳지 않게 여기던 당시 풍속 때문에 믿을 만한 자신의 노비를 내세워 계약을 했다. 서명 대신에는 손가락을 찍었는데 이를 수촌이라고 한다.

다들 내 인생을 확보하지 못해서 안달인 것일까.

부용이가 조심스럽게 입을 열었다.

"그렇다면 저도 할 말 있어요. 저도 빈손이와 생각해 놓은 미래가 있거든요? 그러니까 제 결정이 제일 우선이에요. 미래가 어쩌구 떠들어 대는 병이 있긴 하지만 제가 꼭 고쳐 놓을 거구요."

정약용과 김무신은 부용의 당돌한 말에 입을 딱 벌렸다. 당황하기는 노빈손도 마찬가지. 김양, 대체 왜 이러니. 정약용이 짓궂게 김홍도를 놀렸다.

"자네, 곧 있으면 사위 보겠어? 하여튼, 내 제자라서 잘 아는데 저 아이는 남의 부탁을 잘 거절하지 못하오. 좀 맹하거든. 그러니까 우리 이렇게 합시다. 빈손이에게 냅다 뛰라 하고 저 아이를 잡는 사람이 데려가는 걸로."

헐떡! 아니 무슨 이런 말도 안 되는 인재 차출 방식이! 노빈손은 따지려고 자리에서 벌떡 일어났다. 그러나 자신을 바라보는 눈빛들은 이미 사냥꾼의 눈빛으로 바뀌어 있었다. 사람 살류. 노빈손은 서가 사이를 누비며 죽어라고 뛰었다. 뒤에서는 나한테 잡히면 잘해주지, 같은 소리를 지르며 추격자들이 따라오고 있었다.

그때 불쑥, 노빈손의 눈앞에 어디서 마셨는지 술이 잔뜩 오른 박제가가 나타났다.

"들어오다 들었네. 그럼 나도 참가하겠네."

뭐라구요? 황급히 방향을 바꾼 노빈손의 눈앞에

조선시대의 관품과 관제
조선의 모든 관제는 동반(무반)과 서반(문관)으로 나뉜 뒤 다시 내직(중앙 근무)과 외직(지방 근무)으로 나뉜다. 모든 관리는 정1품에서 종9품까지 18품계로 구분되고 18품계는 다시 정책 결정관인 당상관과 행정 집행자인 당하관으로 나뉜다. 외워 두면 좋아요~.

갑자기 기둥이 나타났다.

딱!

정면으로 기둥을 들이받은 노빈손은 그 자리에서 정신을 잃었다.

"음냐음냐, 안 돼요. 정말 안 돼요."

"뭐가 안 된다는 거냐?"

규장각 분점 주인 할아버지가 심히 걱정스럽다는 표정으로 노빈손을 내려다보고 있었다.

"어, 부용이는요?"

"서점에서 부엉이를 왜 찾아? 책 한 권 가져다 달라는 게 뭐 그리 어렵다고 계단에서 구르고 난리냐."

"네?"

노빈손은 주위를 둘러보았다. 오래 묵은 책 냄새가 푸짐한 것이 인사동의 고서점 안 그대로였다.

조선의 공무원은 모두 몇 명?
『경국대전』에 따르면 조선의 관직은 문반 1,770직, 무관 3,826직으로 총 5,695직이었다. 조선시대를 통틀어 과거에 급제한 사람은 대략 1만 5,000명. 관직 수에 비해 합격자 수는 너무 적다고? 그 비밀은 겸직에 있었다. 관리 한 명이 보통 2~3개의 관직에 도시에 임명됐던 것. 최소한의 인원으로 국정을 처리하고자 했던 조선 왕조의 검소한 모습을 엿볼 수 있다.

"여기 규장각 아니에요?"

"분점이 빠졌다."

꿈을 꾸었나. 상황 정리가 안 되는 듯 입맛을 다시던 노빈손은 자신의 손에 들린 책을 보고 화들짝 놀랐다. 『원행을묘정리의궤』였다.

"바로 이 책이에요. 제가 받은 게."

"받긴 뭘 받아. 내가 가져다 달라고 한 건데."

"그런가?"

역시 꿈을 꾼 것이 틀림없어. 하여간 말숙이랑 얽혀

서 좋을 일이 없다니까. 다시 이상한 부탁 들어주나 봐라. 투덜거리며 무심코 책장을 넘기던 노빈손은 깜짝 놀라 그만 책을 떨어뜨렸다. 책의 마지막 장, 멋들어지게 흘려 쓴 한시 밑에 정약용이라는 세 글자가 또렷이 적혀 있었던 것이다.

그는 누구인가?

– 정조의 사랑을 받은 **천재 화가, 단원 김홍도**

당대의 백성들의 모습을 날카로운 눈으로 관찰하고 이를 유머와 해학으로 그려낸 자, 김홍도! 그를 말한다.

조희룡, 『호산외기』의 저자

"김홍도는 눈에 확 띌 만큼 외모가 수려하고 풍채가 좋았지. 또 사람이 통이 크고 성격도 활달한 것이 마치 신선 같았다니까."

정조대왕

"단원이 그리는 것마다 어쩌면 그리 내 마음에 꼬옥 드는지……. 허참.

폭넓은 교양에 훤칠한 인물, 모나지 않은 성격까지. 완전 딱 내 스타일이었다니까.

그래서 실은 그림에 관계된 일에는 무조건 단원의 의견에 찬성했지.

내가 편애가 너무 심했나? 그래도 진짜 까다로운 내 눈에도 너무 잘 그리는 걸 어떡해."

주변의 화원

"김홍도는 술을 좋아하고 풍류를 즐겼지. 늘 여유롭고 느긋했어. 술을 거나하게 마시고 그림을 그리고 거기에 어울리는 멋진 글도 쓰곤 했지. 솔직히 같은 화원으로서 정말 부러울 따름이야. 소문엔 그림 실력이 하도 출중해서 시험도 보지 않고 화원이 됐다는 구먼. 아이고, 배야!"

강세황, 김홍도의 스승

"단원이 풍속화의 대가로 알려져 있지만 처음엔 신선 그림을 주로 그렸지. 어느 날 봤는데, 어찌나 잘 그렸는지, 한 세기를 울리고 후대까지도 길이길이 남겠더라구."

김홍도

"난 10대에 그림에 대한 일을 맡아 하던 관청인 도화서의 화원이 되었지. 29세인 1773년엔 영조 임금님의 어진과 당시 왕세자였던 정조 임금님의 초상을 그렸어. 1788년에는 김응환과 함께 임금님의 명으로 금강산 등 영동 일대를 기행하며 명승지를 그려서 올렸어. 일본 쓰시마 섬에 가서 지도도 그렸다구. 그때부터 성공 가도를 달렸지. 정조 임금님의 총애를 받아서 충청도 연풍 현감으로 임명되어 벼슬도 했고.

한데 현감 자리를 그만두고 나선 병마와 가난이 겹쳐서 생활고에 시달리다가 그만 죽고 말았어."

미술 평론가

"김홍도의 작품 세계는 정말 놀랍습니다. 뭘 그려도 우리 맛이 나게 그려내는 군요. 근데 가끔 엉뚱한 그림을 그리곤 했지요. 〈마상청앵도〉에는 꾀꼬리라고 주장하는 병아리를 그려 놓았구요, 〈씨름〉에는 오른팔에 왼손을 붙여 놨지 뭡니까. 하하하!

그런가 하면 〈송하맹호도〉는 호랑이의 머리에만 수천 번의 바늘 같은 선을 반복한 인내의 결과물이죠. 도대체 얼마나 많이 붓질을 했는지 감이 안 온다니까요.

뭐니뭐니 해도 김홍도는 역시 유쾌하고 재미있는 풍속화의 대가죠. 이런 화가가 또 나올 수 있을까요?"

송하맹호도

씨름

한국은 좁다! 이제 세계로 나가는

《신나는 노빈손》 시리즈

네 가닥의 머리를 흩날리며
일본, 중국, 대만, 태국 등으로 수출되어
한류 열풍을 일으키고 있는 모험청년 노빈손!

〈어드벤처 시리즈〉

무인도, 남극, 아마존, 버뮤다라는 특별한 환경에서 살아남기 위한 노빈손의 모험. 생활과학지식과 잔머리를 총동원한 서바이벌이 시작된다.

『로빈슨 크루소 따라잡기』

박경수, 박상준 글 | 이우일 그림 | 184쪽 | 7,500원

무인도에서 생존하는 법을 재미있게 풀어낸 유쾌한 생활과학 입문서! 바닷물을 증류해서 식수를 만들고 물렌즈를 이용해 불을 피우고, 뗏목까지 만들 수 있다면 당신의 생존 가능성은 99.9%!

★간행물윤리위원회 청소년 권장도서
★한국출판인회의 자연과학분야 이달의 책 선정
★과학기술부 인증 우수과학도서
★전교조 권장도서
★한우리 독서문화운동본부 추천도서
★문화관광부 추천 청소년 권장도서
★울산시교육청 책읽기 운동 선정도서

『노빈손의 아마존 어드벤처』

박경수, 장경애 글 | 이우일 일러스트 |248쪽 | 8,500원

페루로 가다가 아마존 정글에 불시착한 노빈손! 그곳에서 만난 히프미테의 부탁으로 여인 부족의 부활을 위해 모험을 시작한다. 아름다운 아마존의 자연을 파괴하려는 밀렵꾼, 모질라요 일당에 맞서 노빈손은 과연 신탁을 풀어낼 수 있을까?

★문화관광부 선정 청소년 책읽기 사업 권장도서
★환경부 선정 우수 환경도서

『노빈손의 버뮤다 어드벤처』

박경수, 김훈기 글 | 이우일 일러스트 | 208쪽 | 7,900원

신비의 바다 버뮤다와 사라진 대륙 아틀란티스를 찾아 떠나는 노빈손의 대모험!
버뮤다 삼각해역에 들어서자 노빈손이 탄 배에 이상한 일이 벌어진다. 배는 난파되고 노빈손은 간신히 구명보트를 타고 바다를 표류하다 수중 인간들을 만난다. 이들의 정체는 과연 뭘까? 전설의 대륙 아틀란티스는 정말로 있었을까?

★간행물윤리위원회 청소년 권장도서

『노빈손의 남극 어드벤처』

박경수 글 | 이우일 일러스트 | 216쪽 | 7,900원

얼떨결에 미지의 땅 남극에 가게 된 노빈손! 보이는 것이라고는 끝없이 펼쳐진 얼음 덩어리와 살을 파고드는 눈보라뿐이다. 영하 50℃의 엄청난 추위, 물개, 해표와의 숨막히는 한판 승부와, 위대한 남극 탐험가 섀클턴, 아문센, 스코트와의 극적인 만남!

★문화관광부 선정 2003년 청소년 책읽기 사업 권장도서

〈계절 탐험 시리즈〉

계절의 대변신으로 인해 겪게 되는 일상의 작은 변화들을 되짚어 보며 각 계절을 보다 즐겁고 풍요롭게 즐겨 보는 시리즈.

『노빈손의 봄 나들이』

함윤미 · 문혜진 지음 | 이우일 일러스트 | 216쪽 | 7,900원

노빈손이 야외 활동을 하며 겪는 에피소드를 통해 봄의 모든 것을 들려준다. 봄을 맞이하여 소생하는 자연의 모습, 산 속에서의 서바이벌, 그리고 화재시 응급 대피 요령과 실제로 해 볼 수 있는 '실험실' 코너를 두어 흥미롭다.

『노빈손의 여름 사냥』

허문선, 문혜진, 함윤미 글 | 이우일 일러스트 | 184쪽 | 7,900원

늘 진지하게 탐구하는 노빈손을 따라가다 보면 여름 속에 숨어 있는 과학들을 새삼 깨달을 수 있다. 더위를 날려 버리는 기화열을 배우고, 조상들의 지혜로운 여름나기도 경험할 수 있다.

★조선일보 · 소년조선일보 선정 좋은책

『노빈손의 가을 여행』

함윤미, 문혜진 글 | 이우일 일러스트 | 176쪽 | 7,900원

시를 좋아하는 그녀에게 멋진 시를 써서 잘 보이고 싶은 노빈손, 멋진 시를 쓰기 위해 시골로 가을 여행을 떠난다. 그곳에서 이장님을 만나 수확하는 농부들의 마음을 느끼고, 가을의 자연을 만끽하고, 우리의 명절 추석을 보내며 노빈손은 한층 더 성숙해진다.

★간행물윤리위원회 선정 청소년 권장도서

『노빈손의 겨울나기』

함윤미, 문혜진 글 | 이우일 일러스트 | 208쪽 |7,900원

노빈손과 함께하면 겨울 속에 숨어 있는 과학들을 배우고, 추위를 날려 버리는 방법도 알 수 있다. 비록 낯선 동업자와 군밤 장사를 하고 스키장에 가서 호랑이를 만나는가 하면, 산에서 길을 잃은 고라니를 구출해 내는 등 엉뚱한 일이 닥치기는 하지만 말이다.

〈세계 역사 탐험 시리즈〉

역사가 고스란히 살아 숨쉬는 세계 여러 나라 구석구석을 찾아다니며 생생한 역사와 문화를 직접 체험하고 느끼며 배울 수 있다.

『노빈손, 피라미드의 비밀을 풀어라』

강영숙, 한희정 글 | 이우일 일러스트 | 240쪽 | 8,500원

고대 이집트로 가게 된 노빈손은 스릴 넘치는 모험을 하며 역사책과 박물관에서 평면적으로만 보았던 고대 이집트 사람들을 실제로 만나게 된다. 파라오의 위엄 있는 모습, 피라미드를 축조했던 노동자들의 그을린 얼굴, 미라를 만드는 장의사 등등.

『노빈손의 으랏차차 중국 대장정』

강영숙, 한희정 글 | 이우일 일러스트 | 240쪽 | 8,500원

영생불사를 꿈꾸었던 통일 중국의 첫 번째 황제 진시황과 세계 8대 불가사의라 불리는 진시황의 병마용갱들을 노빈손이 만난다. 병마용갱, 세계 최대의 건축물 만리장성, 원숭이 골과 코끼리 코 등의 진기한 재료로 만든 중국 전통 요리들 등등을 통해 그들의 삶 속에 살아 숨쉬는 고대 중국 문화의 위대함을 발견한다.

『노빈손의 좌충우돌 로마 오디세이』

한희정, 강영숙 글 | 이우일 일러스트 | 224쪽 | 8,500원

세 여신의 저주를 받아 고대 로마제국으로 가게 된 노빈손은 검투사가 되어 사자와 목숨을 건 승부를 벌이기도 하고, 유럽 대륙을 제패했던 로마 군인이 되어 고된 훈련도 받는다. 그 속에서 유럽 문화의 모태가 된 고대 로마인들의 문화와 삶을 체험한다.

『노빈손의 시끌벅적 일본 원정기』

한희정 글 | 이우일 일러스트 | 240쪽 | 8,500원

노빈손은 맹인 검객 잣 또이치와 함께 계속 사라지고 있는 마을의 아이들을 구하고, 우무베라는 요괴를 물리치며, 미야자키 가문의 마지막 핏줄을 찾아 일본 이곳저곳을 누비게 된다. 스모 선수에게 내동댕이쳐지기도 하고, 가부키를 구경하고, 일본 요리도 먹어 보며 일본의 문화를 다양하게 체험한다.

〈타임머신 어드벤처 시리즈〉

노빈손이 확장된 시공간에서 모험을 펼친다. 1만 년 후의 미래, 400여 년 전의 대항해 시대, 2억 5만 년 전의 중생대 그리고 광활한 우주. 노빈손은 과연 어떤 경험을 하게 될까?

『노빈손, 아이스케키 공화국을 구하라 1, 2』

강용범, 선희영 글 | 이우일 일러스트 | 200쪽 | 각 권 7,900원

갑작스런 비행 사고로 추락한 곳은 1만 년 후의 첨단 국가 ‘아이스케키 공화국’. 핵폭발 이후 핵겨울 속에서 멸망을 막기 위해 세워진 인류 최후의 국가이다. 1만 년 후 과학은 어떻게 발전해 있을까?

『노빈손, 해적 선장의 보물을 찾아라』

강용범, 선희영 글 | 이우일 일러스트 | 208쪽 | 8,500원

400여 년 전의 대항해시대, 노빈손은 보물을 찾아나선 거친 해적들과 생활하며 이 시대에 숨겨진 역사의 비밀을 엿보기도 하고, 바다 사나이들의 끈끈한 우정과 의리를 경험하기도 한다. 또한 유럽 중심의 사관으로 역사를 배워 온 노빈손은 이 모험을 통해 왜곡된 세계의 역사를 바로 보게 된다.

『노빈손, 티라노의 알을 찾아라』

강산들, 손영운 글 | 이우일 일러스트 | 204쪽 | 8,500원

2억 5천만 년 전의 중생대로 들어가게 된 노빈손. 무시무시한 공룡의 세계를 비롯하여 인간들의 이기심으로 복제된 공룡인간들, 이들이 벌이는 음모와 지구의 역사를 바꾸려 하는 엄청난 계획을 노빈손은 어떻게 막아낼까?

『노빈손의 판타스틱 우주 원정대』

김경주 글 | 이우일 일러스트 | 212쪽 | 8,500원

우주선을 타고 달나라에 가게 된 노빈손. 산소도 물도 없고 지구의 6분의 1밖에 되지 않는 중력, 그리고 영상 100℃에서 영하 100℃를 오르내리는 척박한 땅 달에서 노빈손은 잘 적응할 수 있을까? 이런 역경들을 이겨내고 외계인들의 음모를 막아 지구를 지켜낼 수 있을까?

〈가다 시리즈〉

우리를 둘러싼 일상생활 속 다양한 장소를 찾아가서 그곳에 숨은 과학 지식을 노빈손, 말숙이와 함께 탐험해 보자.

『노빈손 에버랜드에 가다』

박경수 글 | 이우일 일러스트 | 176쪽 | 7,900원

롤러코스터는 어떻게 연료도 없이 그렇게 빨리 달릴 수 있을까? 공중에서 거꾸로 도는 열차는 왜 떨어지지 않을까? 바이킹을 탔을 때 가슴이 울렁거리는 이유는 뭘까? 놀이기구 속에 숨겨진 과학 원리들을 노빈손의 재미있는 모험을 통해 하나하나 밝혀 간다.

★중앙독서감상문대회 추천도서

★한우리 독서문화운동본부 선정도서

★서울시 교육청 추천도서

『철새지킴이 노빈손, 한강에 가다』

박경수 글 | 이우일 일러스트 | 204쪽 | 8,500원

〈철새타임즈〉의 홍보대사가 된 노빈손과 말숙이가 한강 하구를 찾아가 한강 하구 습지에서 서식하는 철새들을 탐조하며 자연과 함께 살아가는 것의 중요성을 배우게 되는 환경 이야기이다.

★환경부 선정 우수환경 도서

『노빈손, 괴짜 동물들의 천국 갈라파고스에 가다』

함윤미 · 문혜진 글 | 이우일 그림 | 204쪽 | 8,500원

수백만 년 동안 외부와 단절되어 독특한 생태계를 지켜온 갈라파고스 섬. 갈라파고스 거북, 먹이와 자연환경에 의해 몸의 색깔과 부리가 달라진 13개 아종의 핀치 등 희귀동물들을 만날 수 있다.

〈또 다른 책들〉

『노빈손의 무인도 완전정복』

이우일 글 · 그림 | 242쪽 | 8,500원

재미있는 만화와 흥미로운 과학 상식이 함께하는 무인도 완전정복! 무인도라는 최악의 상황에서 당신은 과연 살아남을 수 있을까?

★간행물윤리위원회 청소년 권장도서

★과학문화재단 우수과학도서인증제 선정도서

『노빈손의 세계도시탐험』

이우일, 이우성 글 · 그림 | 64쪽 | 12,000원

12개 나라의 12대 도시를 다니며 보물도 찾고 세계 문화도 배우는 일석이조의 숨은그림 찾기 여행이 시작된다!

사진과 그림으로 보는

화성 행차

〈서장대 야조도〉

제일 위에 보이는 게 서장대야. 내가 화성 행차를 따라갔던 때가 윤2월이니까, 양력으로는 한 4월쯤? 아직 밤엔 추울 땐데도 정조대왕이 굳이 밤에 야간훈련을 하시자고 해서 내가 얼마나 오들오들 떨었는지 몰라.

밤인데 그림은 왜 대낮 같냐구? 그거야 횃불을 많이 켜놨으니까 그렇지. 어쨌든 조명 효과(?) 덕분인지 정조대왕이 더 위엄 있어 보이더라구.

〈봉수당진찬도〉

정조대왕이 화성까지 오신 이유는 바로 어머니 혜경궁 홍씨의 회갑을 축하하기 위해서였어. 아버지 사도세자 역시 살아 있었더라면 똑같이 회갑을 맞을 나이였지. 그래서 정조대왕은 아버지 묘가 가까운 곳에서 어머니의 회갑잔치를 열고 싶었던 거야. 이런 기쁜 날 나, 빈손이가 가만히 있었겠어? 나도 춤으로 좀 거들었지. 그런데 김홍도 아저씨는 왜 난 쏙 빼놓고 그렸냐구요, 흥!

〈시흥환어행렬도〉
서울로 돌아가기 전에 시흥 행궁에 들르는 모습이야. 여기서 정조대왕이 백성들을 직접 만나게 되지. 임금님들이 이렇게 바깥 행차를 하는 이유는 백성들의 목소리를 직접 듣기 위해서래. 다른 임금님들 때보다 영조와 정조대왕 때 그 횟수가 많았대.

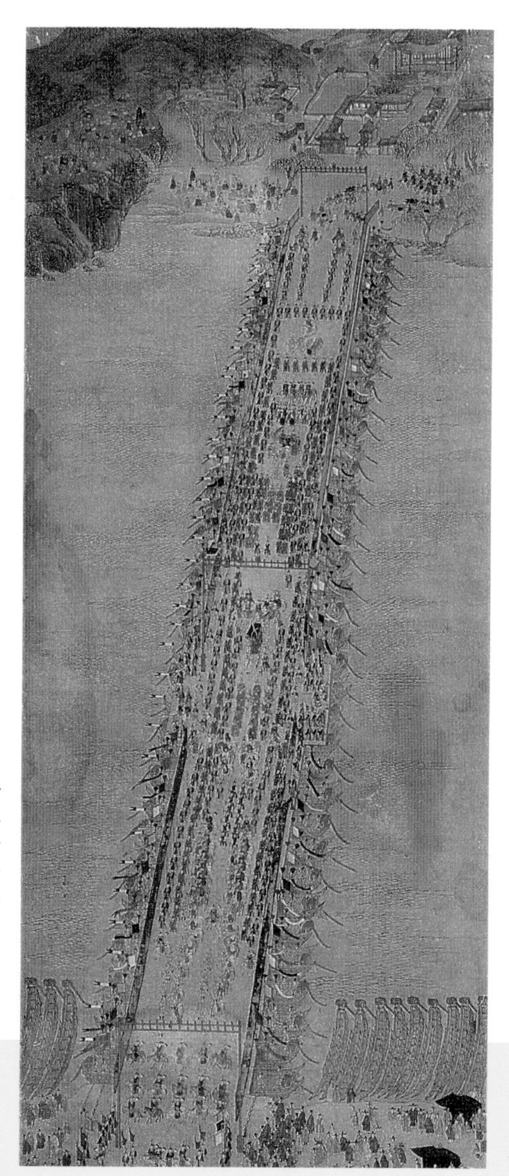

〈주교도〉

아! 배다리, 한자로는 주교라고 하지. 보기만 해도 눈물이 나는구나. 여기에서 내가 정조대왕을 구해냈잖아! 사실 배다리라고 하니까 나도 겁이 나긴 하더라구. 한두 사람이 건너는 것도 아닌데 갑자기 가라앉아 버리면 그땐… 윽. 그러나 우리 정약용 스승님이 그렇게 허술한 사람이 아니거든. 몇백 명이 지나가도 끄떡없게 완벽했어! 난 아직도 한강을 지나갈 때마다 그때 생각이 나.

1〉 화성의 남문, 팔달문이란다. 사방 팔방으로 통한다는 뜻이지.

2〉 원행 넷째 날 밤 정조 임금님이 군사훈련을 한 곳이 바로 여기 서장대. 화성에서 제일 높은 곳이라 수원 시내를 한눈에 볼 수 있지.

3〉 서문인 화서문. 화성 행차의 총책임자였던 채제공께서 편액을 쓰셨지.

4〉 화서문에서 조금만 더 가면 보이는 서북 공심돈. 벽에 뚫린 구멍은 총을 발사하기 위한 곳이란다.

5〉 화성행궁의 대문 신풍루. 백성들에게 쌀을 나누어 준 곳이지.

6〉 장안문은 화성의 북문이야. 문 앞을 둥그렇게 둘러 싸고 있는 것이 항아리 모양을 닮아서 옹성이라고 한단다.

7〉 화홍문은 화성에서 가장 아름다운 곳이야. 봄이면 붉은 꽃들이 만발하지.

8〉 여기가 혜경궁 마마의 회갑연이 펼쳐졌던 봉수당이란다. 리허설까지 완벽했던 빈틈없던 회갑연이었지.

9〉 좀 힘들었지? 다 왔어. 이곳이 봉돈이야. 쉽게 말하면 봉화대. 위급한 일이 생기면 불을 피워서 임금님이 계신 한양에 연락을 한단다.

10〉 다 왔다. 여기가 동문인 창룡문이다. 수고들 많았다. 다음에 또 놀러들 오거라.